周先慎文集

第五卷 古典戏曲研究

周先慎 著

目 录

序　言

人类的审美活动是一种高层次的精神心理活动。艺术欣赏中的某些现象，如果以日常生活中的常情常理来揆度，有时就显得似乎有些难于理解。人们对悲剧的欣赏和喜爱就是一个例子。悲剧常常描写社会生活中带有震撼力量的尖锐激烈的矛盾冲突，由于种种原因，悲剧主人公遭受巨大的痛苦和不幸，以致最后失败或死亡。悲剧是艺术家以严肃的态度，描写人的痛苦、不幸、死亡或者失败，表现人生有价值的东西被毁灭。人们在看悲剧的时候，不像看喜剧的时候那样开心，那样轻松愉快，相反，随着主人公悲剧命运的展开，内心将受到巨大的震动，体验到巨大的痛苦，产生强烈的恐惧感和深切的同情心。读悲剧和看悲剧都不是一件轻松的事情，但是人们仍然十分喜爱悲剧，这是因为欣赏悲剧同欣赏别的艺术（包括喜剧在内）一样，能产生一种审美的愉悦，能使精神得到一次陶冶。欣赏悲剧所产生的审美愉悦，是欣赏喜剧和别的艺术所不能代替的。

悲剧带给人的审美愉悦是独特的。正如亚里士多德所说的："我们不应要求悲剧给我们多种快感，只应要求它给我们一种它特别能给的快感。"① 悲剧所引起的审美快感，是从悲剧情节触发审美主体而产生的怜悯和恐惧心理中转化而来的。悲剧积极的审美效果，不是使人沉浸于痛苦和悲哀之中，使人消沉和沮丧，相反，悲剧能使人认识到产生悲剧的历史必然性，从而正视社会和人生的严酷，去同命运抗争，争取美好的、正义的、进步的、有价值的事物的发展和胜利。作为审美对象的悲剧，能使欣赏者在体验到痛苦、悲伤、恐惧和怜悯等沉重感情的同时，使精神得到陶冶，促进对社会人生的理性思考，从而得到振奋和鼓舞，提高精神境界。只有在这时，人们才能从悲剧欣赏中得到真正的审美享受。这就是社会需要悲剧，而人们也喜欢

① ［古希腊］亚里士多德著，罗念生译：《诗学》，人民文学出版社，1962 年，第 43 页。

欣赏悲剧的原因。

艺术中的悲剧，是现实生活中的悲剧的一种集中，一种艺术概括，一种能动的反映。任何时候，生活并不总是完美和谐的，除了胜利、欢乐、幸福，不可避免地还会有失败、不幸和痛苦。社会生活是复杂的，在任何历史阶段，都会有先进与落后、光明与黑暗、正义与邪恶的矛盾冲突，因而社会生活中产生悲剧就是不可避免的。只要现实中存在产生悲剧冲突的社会基础，艺术中就一定会产生反映现实悲剧的悲剧作品。但是，生活中的悲剧不同于艺术中的悲剧，并不是任何挫折、不幸、痛苦、死亡和毁灭都具有美学范畴的悲剧意义的，只有反映出历史的必然性，反映出丰富深刻的社会内容，揭示出生活发展的本质，悲剧才具有真正的审美价值。当历史的必然要求、人民的正义要求不公正地遭到压制和扼杀的时候，悲剧就具有了它客观的社会意义和历史价值。因此，我们对于无论是古代还是现代的悲剧作品，都必须从客观现实的矛盾冲突和社会历史的必然性去进行分析，才能正确地认识和评论作品的悲剧价值。

在中国古代的艺术理论中，没有作为审美范畴的悲剧概念，但这不等于中国古代没有悲剧作品。事实上，中国古代不仅有杰出的悲剧作品，而且有自己的悲剧艺术传统。产生于宋代的早期南戏剧本《赵贞女蔡二郎》和《王魁负桂英》，虽然已经亡佚，但从明人所叙录的内容来看，无疑都是悲剧作品。以后元明清三代的戏曲中，又产生了不少杰出的悲剧。王国维在《宋元戏曲考》中曾指出，关汉卿的《窦娥冤》和纪君祥的《赵氏孤儿》，是元曲中“最有悲剧之性质者”，并且说“即列之于世界大悲剧中，亦无愧色也”[①]。其他如元代马致远的《汉宫秋》、高则诚的《琵琶记》，明代冯梦龙的《精忠旗》、孟称舜的《娇红记》，清代李玉的《清忠谱》、洪昇的《长生殿》、孔尚任的《桃花扇》、方培成的《雷峰塔》等，都是中国古代悲剧中的优秀之作。以上十部作品，由王季思先生主编，经过校勘、评点，汇成《中国十大古典悲剧集》，由上海文艺出版社于 1982 年出版，受到广大读者的欢迎。

中国的古典悲剧，既具有世界各国悲剧共同的本质与特征，又具有由中国的社会历史条件、文化背景、民族性格和心理以及审美趣味等因素所决定的民族特征。这些特征，主要表现在以下几个方面。

---

① 王国维:《王国维戏曲论文集》，中国戏剧出版社，1984 年，第 85 页。

第一，表现在悲剧主人公的社会身份和地位上。

与西方古典悲剧中的主人公多为居于统治地位的王公贵族不同，中国古典悲剧中的主人公主要是处于社会下层的被统治阶级中的人物。例如《窦娥冤》中的窦娥，就是一个穷知识分子的女儿；《桃花扇》中的李香君，是一个下层歌伎；《赵氏孤儿》中程婴是一个草泽医生，公孙杵臼虽曾任中大夫之职，但在戏剧情节中已是一个“罢职归农”，以耕种自食的平民。即使一些以帝王将相、王公贵族为主人公的悲剧，人物的性格、命运和悲剧结局，所反映出的理想追求、爱憎感情和思想倾向，由于社会斗争（特别是民族斗争）所决定的共同利益，也常常表现出与被统治阶级的下层人民有相通的一面。例如元代孔文卿的《东窗事犯》和明代冯梦龙改编的《精忠旗》中的岳飞，是一个统治阶级中的人物，但他的活动及其悲剧命运，反映了广大人民群众在反民族侵扰和反民族压迫中的根本利益，以及崇高的爱国主义精神。李玉《清忠谱》中的主人公周顺昌，是一位忠臣和清官，曾任吏部员外郎，他同魏忠贤奸党的斗争符合广大人民群众的利益；同时在他身上体现出的清廉、刚直、疾恶如仇等高贵品质，又是植根于中华民族的精神传统之中，是广大人民群众美好品德的集中和概括。因此，在剧本中周顺昌的斗争就得到了广大人民群众的支持。剧本还通过轰轰烈烈的群众斗争场面，同时塑造了颜佩韦等几个下层市民的悲剧典型。即使像洪昇的《长生殿》，完全是描写皇帝后妃的活动和悲剧命运的，但它所表现的爱情理想，也还是同广大的人民群众相通的，是封建社会后期人民群众反理学和反封建礼教思想的曲折反映。

悲剧主人公以下层人民为主，以及总是浸润着人民群众的思想感情这一特点，主要是由中国古典悲剧产生的社会历史背景决定的。在长期封建社会中，广大劳动人民处于无权的地位，遭受种种压迫和残害。人民为自己的利益和命运不断进行反抗斗争，表现出崇高的品德和大无畏的英雄主义，但他们的遭遇和结局常常不免于失败或死亡，是悲剧性的。下层人民在社会历史中普遍的悲剧命运，决定了他们更多地在古典悲剧作品中成为主角。另一个重要原因，中国古典悲剧许多都是下层人民参与创作的，剧作家在创作过程中，一般都吸收了民间传说的成分，反映了民间艺人的创作成果，因而较多地反映出下层人民群众的悲剧命运以及他们的愿望要求和思想感情。

第二，中国古典悲剧表现出更加鲜明强烈的伦理态度。

一般说来，悲剧对人的陶冶、净化作用，主要是通过伦理功能来体现的。在真善美与假恶丑的矛盾冲突中，总是贯穿着一种伦理精神，因而悲剧的结局能激发起观众鲜明的伦理态度。这本是中外悲剧的共同特点，但中国古典戏曲同古典小说一样，都具有一种惩恶劝善的训诫传统，因而悲剧的伦理态度就显得更加鲜明强烈。为反抗黑暗和压迫，或为社会进步和正义事业而斗争，因此而遭遇不幸甚至牺牲的悲剧人物，作者总是赋予他们以崇高美好的品德。这些品德是中华民族在长期历史发展过程中形成的，如善良、勤劳、勇敢、正直、无私、克己助人、自我牺牲等等。在中国古典悲剧中，体现了如此崇高优美品德的悲剧主人公，往往成为善和正义的代表。鲜明强烈的伦理态度，使得善、正义和美达到了高度的和谐统一。

亚里士多德在论述悲剧感时，强调悲剧作品能激发起审美主体的怜悯与恐惧，这主要是根据古希腊的悲剧来概括的。而中国的古典悲剧，由于突出地表现善与美的统一，悲剧作品对审美主体所激发起的感情主要是同情和崇敬。“惩恶劝善”，成为中国古典悲剧作品的主要思想特征。“善有善报，恶有恶报”，不仅是一种民间广泛存在的迷信观念，而且也是中国古典悲剧伦理态度的鲜明表现。中国古典悲剧对人的精神的净化陶冶作用，亦即它的思想教育作用，都与此相关。当然，古代的伦理观念，由于种种社会原因，有着比较复杂的内容，封建统治阶级所提倡的忠、孝、节、义等伦理道德，在人民群众中也会有广泛的影响。这种影响，即使在最优秀的作品如《窦娥冤》和《赵氏孤儿》中也有不同程度的反映。

第三，在中国古典悲剧中往往包含着喜剧作品的因素。

这有多方面的表现。

一是，在悲剧结构和悲剧情节的构成中，常常是悲喜相间，哀乐相生，而不是一悲到底。悲与喜交互发展，构成对比，相反相成，不是冲淡而是加强了作品的悲剧效果。

二是，在庄严肃穆的悲剧气氛中，并不排斥喜剧手法的运用，不少悲剧作品都有丑、净角色的科诨插入。这种艺术处理，有时可以调节悲剧气氛，不使观众感到过分的沉重和压抑，而是在一种较为舒缓的节奏和平静的心境中，去对悲剧的意义作出理性的思考和判断。当然也有为了迎合观众的庸俗思想而堕入恶趣，以致破坏了悲剧气氛和效果，减低了悲剧作品所特有的震撼力量的。

三是，喜剧因素还常常表现为悲剧结尾的理想化倾向。

悲剧结局纵然无可避免（悲剧主人公遭遇到包括死亡在内的不幸命运），但在戏剧的结尾，作者也总是要千方百计地通过各种形式（包括超现实的幻想）而给予观众以不同程度的宽慰。或死而复生，或升入仙界，或借助人间特殊的社会力量（如皇帝下旨或清官的公断等），甚至起用超现实的神鬼力量，使冤仇得以昭雪报复，使美好事物或正义事业，得以发展或取得最后的胜利。

中国古典悲剧以大团圆结尾成了一种常例。这跟中国人民的善良性格和乐观主义的精神分不开。观众善恶分明的伦理倾向不能不影响到悲剧艺术的格调和风貌。善恶报应不能简单地看作是一种迷信思想，更重要的是反映了人们对美好事物和正义事业必定会胜利的一种信念。当然，大团圆的结尾有时也跟中国国民性中的落后面，诸如妥协、调和、不敢正视缺陷、不思变革等思想分不开，这就不能不影响到悲剧的艺术效果了。

第四，同整个中国古典戏曲一样，中国古典悲剧富于诗的意境和诗的情韵。叙事性与抒情性的结合是其突出特色。不论从戏剧体制的形式或内质来看，中国古典悲剧都是一种诗剧。它的唱词是由富于诗意特质的语言写出的，优美的曲词完全可以当作一首一首的抒情诗来读。语言的诗化，再加上情节和场面的诗化，就构成了中国古典悲剧诗的意境。观众在欣赏悲剧的时候，可以进入到一种诗的意境和气氛之中，得到一种美的享受。即令是最惨烈的生活场面，经过诗化的艺术处理，也能消除很容易在观众心中引起的血淋淋的恐怖感。《窦娥冤》中窦娥被斩时的血不是洒满地上，而是飞溅在高悬的丈二白练上；《桃花扇》中李香君抗暴时鲜血染红了诗扇，被杨龙友点染成绚丽夺目的折枝桃花。不仅恐怖感消融在优美的诗情诗境之中，而且人物的美好品格和斗争精神也同时得到了一种诗的升华。中国古典悲剧的这一特点，使得悲剧情节和悲剧人物格外富于艺术魅力。

我们在这本书中将向读者介绍的，是中国古典悲剧中四部最著名和影响最大的作品：《窦娥冤》《赵氏孤儿》《长生殿》和《桃花扇》。四大悲剧中，前两部是杂剧，后两部是传奇；有公案戏、政治戏、爱情戏；有历史题材，也有现实题材。总之，无论形式体制、题材内容和艺术风格，在中国古典悲剧中都是最具有代表性的。我们希望通过对这四部作品的分析，能够帮助读者欣赏悲剧作品，获得审美享受，并对中国古典悲剧的特色和艺术传统有一个初步的认识。

窦娥冤

（一）一个关注下层人民命运的戏剧家

政治黑暗的时代是人民经受苦难的时代，也是激起人民普遍反抗的时代。生活在这样时代的艺术家，如果他是与人民息息相通、热切关注人民的命运的，他就会通过自己所熟悉的艺术形式，去反映人民的苦难和他们的斗争精神。《窦娥冤》的作者关汉卿，正是这样一位戏剧家。他以杂剧的形式，反映出社会政治的黑暗和被压迫者的反抗斗争精神，以及在他们身上所表现出的崇高美好的品德。

关汉卿是中国文学史上一位伟大的戏剧家，也是元代杂剧作家中最优秀的代表。

关于关汉卿生平事迹的资料非常少。但从他自己的作品和后人有关他的零星记载，我们仍然可以约略窥见他的生活风貌和思想风貌。据元末钟嗣成《录鬼簿》的记载，他是“大都人，太医院尹，号已斋叟”。大都就是今天的北京。元代有太医院，但没有“太医院尹”这样的官职。《录鬼簿》有不同版本，孟称舜本的“太医院尹”作“太医院户”。因此有人怀疑“尹”字为“户”字之误。元代户籍中有一种“医户”，属太医院管辖，但医户中的成员并不一定就是医生。关汉卿可能是元代太医院所辖的一个医生，也可能只是出身于这样一个家庭而自己并不懂得医术的人。这样的身份或这样的家庭出身，是有机会同广大的下层人民接触的。

关于关汉卿的里籍也有不同的说法。学术界一般认为他是大都人。清代乾隆二十年（1755）修订的《祁州志》有“关汉卿故里”条，称：“汉卿，元时祁之伍仁村人也，高才博学而艰于遇。”祁州即今河北省安国县。据说河北安国地方流传着许多关汉卿的传说，很可能安国是他的原籍。不论他的里籍在何处，他一生生活和戏剧活动的主要地区在元大都，这应该是毫无疑义的。他的生卒年难于确考，各家推断也不尽一致。据元末朱经《青楼集·序》载："我皇元初并海宇，而金之遗民若杜散人、白兰谷、关已斋辈，皆不屑仕进，乃嘲风弄月，留连光景。"知道他生于金末，由金入元，年代大约同杜善夫（即杜散人）、白朴（即白兰谷）相近。《录鬼簿》中将关汉卿称为"前辈已死名公才人"，《录鬼簿》成书于1330年，此时肯定关汉卿已不在世。又关汉卿作有《大德歌》，其中有"吹一个，弹一个，唱新行大德歌"的句子。"大德"是元成宗年号，证明他在大德初年仍在世。金亡于1234年，关汉卿的剧作《拜月亭》，以蒙古灭金的战乱时代为背景，对乱离生活写得十分真切，显然有作者切身的生活体验作基础，这证明蒙古兵围中都（后改大都）时他已懂事。据此推断，关汉卿大约生活于1210至1300前后的八九十年间，有可能是一位高龄的作家。

关汉卿的主要活动地区是元大都，元灭南宋以后曾到过临安（今浙江杭州），写过【南吕·一枝花】《杭州景》套曲；还到过扬州，写过赠著名杂剧演员朱帘秀的套曲。

关汉卿是一位生活落拓不羁而不肯仕进的知识分子，是一位多才多艺而又性格刚强的艺术家。《析津志·名宦传》中概括地描绘过他作为一个艺术家的主要特征："生而倜傥，博学能文，滑稽多智，蕴藉风流，为一时之冠。"关汉卿在套曲【南吕·一枝花】《不伏老》中这样描述自己：

> 我是个普天下郎君领袖，盖世界浪子班头。愿朱颜不改常依旧，花中消遣，酒内忘忧；分茶攧竹，打马藏阄，通五音六律滑熟，甚闲愁到我心头。……你道我老也暂休，占排场风月功名首，更玲珑又剔透。我是个锦花阵营都帅头，曾玩府游州。（【梁州第七】）
>
> 我是个蒸不烂煮不熟捶不扁炒不爆响珰珰一粒铜豌豆，恁子弟们谁教你钻入他锄不断斫不下解不开顿不脱慢腾腾千层锦套头。……我也会吟诗，会篆籀；会弹丝，会品竹；我也会唱《鹧鸪》，舞《垂手》；会打围，会蹴鞠；会围棋，会双陆。你便是落了我牙，歪了我口，瘸了我腿，折了我手，天赐与我这几般儿歹症候，尚兀自不肯休。……（【尾】）

这支套曲十分率直生动地描绘了剧作家的生活和思想。关汉卿本人不仅是一个剧作家，而且还是一个有舞台演出经验的演员。当时的大都是全国杂剧艺术的中心，关汉卿是大都杂剧艺术家的创作组织玉京书会中最杰出的戏剧艺术家，是当时戏剧界的领袖人物。明初戏曲家贾仲明为《录鬼簿》中关汉卿传所写的《凌波仙》吊词，称他是“驱梨园领袖，总编修帅首，捻杂剧班头”。他同元代前期杂剧作家杨显之、费君祥、梁进之和散曲家王和卿等都是朋友。杨显之跟他更是“莫逆之交”，两人常互相讨论作品，切磋技艺，他同当时著名的杂剧女演员朱帘秀等也有交往。

关汉卿的时代，是中国历史上民族矛盾和阶级矛盾十分尖锐的时代。生活在下层人民中间的关汉卿，既深切地感受到社会的黑暗，也深切地感受到人民的思想感情。时代和社会的悲剧，成为关汉卿悲剧创作的源泉。他对那些被压迫、被侮辱的处于社会底层的小人物，更多地倾注了深切的同情。正如郑振铎先生所说：“他热情地写着，以整个生命和感情来写着。在中国，没有一位大戏剧家有写得像他那么多的剧本的，同时，也很少有像他那样地表现出对社会上被压迫、受侮辱的小人物的同情，而为之作代表人，大声疾呼地控诉着的。”[①] 我们称关汉卿是人民的代言人，把他的杂剧创作看作是那个苦难时代的一面镜子，是并不过分的。正因为如此，加上他在杂剧艺术上取得的杰出成就以及在当时和后世的巨大影响，才使他成为一位具有世界意义的伟大作家。1958 年，经世界和平理事会提名，关汉卿成为当年全世界人民共同纪念的“世界文化名人”。

关汉卿一生创作宏富，见于著录的有杂剧 67 种，今存 18 种，其中《尉迟恭单鞭夺槊》《刘夫人庆赏五侯宴》《包待制智斩鲁斋郎》等几种是否是关汉卿所作，尚有不同看法。关汉卿的杂剧有一部分直接取材于元代的现实生活，有一部分是对传统题材的改编或重新创作，也有写历史故事的。但不论何种题材，关汉卿都在剧本中融进了他对当时社会的深切感受，反映出时代的精神和人民的情绪，有强烈的现实性和时代感。他的杂剧中不仅有悲剧，也有喜剧；不仅有对黑暗丑恶事物的暴露鞭挞，也有对光明美好事物的歌颂赞美；不仅有令人憎恶的反面形象，也有令人喜爱的正面形象。更为难能可贵的是，他在描写十分悲惨的社会悲剧时，也从不悲观失望，而是表现出对生活的坚强信心，表现出高度的乐观主义精神。这些都反映出关汉卿杂剧所取得的杰出成就。关汉卿除杂剧外，也写散曲，今存小令 57 首，套曲 14 套，但成就不如杂剧。

---

① 郑振铎：《关汉卿传略》，《郑振铎古典文学论文集》，上海古籍出版社，1984 年，第 698 页。

（二）窦娥悲剧的历史必然性

《窦娥冤》写了一个善良无辜的下层妇女窦娥，横遭凌辱迫害，以致蒙冤被斩的悲剧。正如剧本末尾的“正名”“感天动地窦娥冤”所显示的，窦娥所受的苦难和冤屈之深，足以感动天地。窦娥的悲剧是一个社会悲剧、时代悲剧，她的悲剧结局是由黑暗罪恶的社会造成的。剧本广泛深刻地写出了富有时代特色的悲剧环境，真实地揭示出窦娥悲剧的历史必然性。剧本在一步步展开戏剧冲突，表现窦娥悲剧命运的过程中，广泛地触及元代多方面的社会矛盾，揭示了这一悲剧所包含的丰富深刻的社会内容。

窦娥是一个穷书生的女儿，三岁丧母，七岁时就因父亲借了蔡婆的高利贷无力偿还而被抵债做了童养媳。这里已触及元代社会的两个问题：知识分子社会地位的低下和严重的高利贷剥削。窦娥的父亲窦天章是一个次要人物，他的戏主要集中在窦娥冤案平反昭雪的第四折里。但在全剧开始的“楔子”中他就出场了。这样的处理，除了从艺术构思上考虑，写他卖掉女儿进京赴考，为日后得官任肃政廉访使之职替窦娥昭雪冤案伏笔以外，主要在于表现造成窦娥悲剧命运的社会环境。窦天章是一个“幼习儒业，饱有文章”的穷秀才，却因“时运不通”，竟至“一贫如洗”，从京都流落到楚州，连一个七岁的女儿也无法养活。为了得到盘缠上京应试，不得已而将亲生骨肉卖与蔡婆做儿媳妇。元代社会的等级区分，有所谓“九儒十丐”的说法，知识分子的地位只略比乞丐稍高一点。窦天章的穷困潦倒，反映了元代知识分子普遍的悲苦命运。这样的家庭出身，就是窦娥悲剧命运的开始。窦天章临去时，出语悲苦地这样叮嘱女儿：“孩儿，你也不比在我跟前，我是你亲爷，将就的你；你如今在这里，早晚若顽劣呵，你只讨那打骂吃。儿呀，我也是出于无奈。”这几句割恩忍痛、无可奈何的话，预示了等待着女主人公的将是充满血泪的苦难生活。从此时起，窦娥便同唯一的亲人父亲离别，她的命运已经不能由自己主宰了。

窦天章借蔡婆二十两银子，一年本利就变成四十两。高利贷剥削是元代社会经济生活中的一个普遍现象，一年本利相等，二年本利加倍，这叫做“羊羔儿息”。就造成窦娥悲剧的根本原因来说，当然是官吏的昏庸腐败和社会政治的黑暗，但作为悲剧环境的描写，剧中写到这种“羊羔儿息”的高利贷剥削，也具有不可忽视的意义。窦天章是由于无力偿还债务，才被迫将窦娥卖给蔡婆家做童养媳的，这是窦娥后来一系列悲惨遭遇的最初的种因。这种描写，说明关汉卿创作像《窦娥冤》这样的公案戏的时候，视野比较开阔，不是只看到官府的力量和作用，而是完整地把握生活，多方面地揭示造成窦娥悲剧的社会原因，使得这一悲剧所表现的社会内容更加深刻和丰富。

社会矛盾是错综复杂的。窦娥的悲剧命运关联着多方面的社会矛盾。关汉卿虽然将窦娥因家境贫穷而被出卖成为童养媳纳入他的艺术视野之中，但并没有将它作为描写的重点，而是很快地将戏剧冲突引向社会生活的其他方面。作者的艺术处理是很高明的，他无意于展开描写并渲染窦娥童养媳生活的悲苦情景，而只是通过人物的道白和窦娥的几支曲子来作简要的交代。虽然简要，因为情辞悲苦，也给读者留下了很深的印象。例如下面这两支曲子：

【仙吕点绛唇】满腹闲愁，数年禁受，天知否？天若是知我情由，怕不待和天瘦。

【油葫芦】莫不是八字儿该载着一世忧，谁似我无尽头！须知道人心不似水长流。我从三岁母亲身亡后，到七岁与父分离久，嫁的个同住人，他可又拔着短筹；撇的俺婆妇每（同“们”字）把空房守，端的个有谁问，有谁瞅？

由蔡婆和窦娥之口，我们知道时间已经过去了十三年。窦娥十七岁成亲，不久就死了丈夫，年纪轻轻就已守寡。窦娥同蔡婆的关系，从高利贷的角度看，窦娥是被剥削者；但作为寡妇，两人又有相同的命运，因此婆媳两人相依为命。作者没有把复杂的人物关系简单化，而这种特殊的关系，就为把戏剧冲突扩展到更广泛的生活面提供了重要条件。

婆媳两代寡妇支撑一个家庭，在黑暗的社会里很容易招来种种侵害与横逆。由于作者巧妙的艺术处理，剧本由蔡婆放高利贷而引入赛卢医这个人物，从而推进戏剧冲突，将悲剧环境的描写扩展到更广的社会生活面，显得十分自然。赛卢医是一个“死的医不活，活的医死了”的骗子医生，是社会生活中的丑类，但跟杀人的强盗也还有所不同。他是因为借了蔡婆的十两银子，本利成了二十两，无钱偿还，为了赖债，才产生杀人歹心的。这就显示了社会矛盾的交错：高利贷剥削与图财害命的杀人事件是并生并存、互有联系的。当赛卢医将蔡婆骗到荒郊野外，企图用绳子勒死她时，恰好张驴儿父子从那里走过，解救了她。可救人的人偏又是一对流氓泼皮，父子二人以对蔡婆救命有恩为由，闯入了蔡婆的家庭，要霸占婆媳两个寡妇为妻。在威逼不成时就使出了下毒杀人的罪恶手段。刚摆脱一个坏人，却又招来更加凶恶的坏人，就戏剧冲突的组织与推进来说，这当然是剧作者在有意利用社会生活中的偶然性因素。但偶然性中也包含着社会生活的必然：普遍的恃强凌弱，正是社会黑暗和政治腐败的显著特征。对两代寡妇接踵而来的欺凌与迫害，深刻地反映了元代社会恶势力的普遍与猖獗，同时也暗示了当时社会法制纲纪的松弛。赛卢医和张驴儿父子在剧中的出现，其意义并不单单在将戏剧冲突引向官府，他们本身也是产生窦娥悲剧的社会环境的有机组成部分。他们的罪恶企图和活动，给窦娥的生活带来比做童养媳更大的不幸和痛苦，是构成她悲剧命运不可缺少的内容。

吏治的腐败，官僚的贪鄙昏庸，是元代政治黑暗的集中表现，也是剧本所揭示的造成窦娥悲剧的根本原因。据《元史》记载，仅元成宗大德七年（1303），“七道奉使宣抚所罢赃污官吏凡一万八千四百七十三人，赃四万五千八百六十五锭，审冤狱五千一百七十六事”[①]。当时全国为二十二道，七道仅及全国三分之一的地区，贪官之多和冤狱之严重，竟如此令人骇目惊心。

剧中审案的楚州太守桃杌，是一个具有典型意义的贪官酷吏。剧本对这个人物形象，主要表现了他两个方面的特点：贪鄙和酷虐。对贪鄙的一面，作者运用戏曲的特殊表现手法，让他上场时念几句诗作自我暴露：“我做官人胜别人，告状来的要金银；若是上司当刷卷（意指上级监察官员来审查），在家推病不出门。”他还向递状纸的人下跪，称：“但来告状的，就是我衣食父母。”以漫画化的笔墨勾出其丑态，并给予刻骨的讽刺。对他凶残酷虐的一面，则通过审案过程进行正面描写，作了淋漓尽致的揭露。窦娥在公堂上详细讲述了案情，而且希望“大人你明如镜，清似水，照妾身肝胆虚实”。桃杌太守却不细审情由，采用他惯用的手段，“人是贱虫，不打不招”，对窦娥使用大刑逼供。可是，“千般拷打，万种凌逼，一杖下，一道血，一层皮”，刚强的窦娥仍不屈招。桃杌太守无法可想，转而要拷打蔡婆。窦娥是为了婆婆免遭痛打，才含冤招认是她药死了张驴儿之父的。用重刑逼供，又不作勘查，仅凭口供定案，视人命如草芥，充分地暴露了封建官吏的昏庸残暴和政治的黑暗。“天那！怎么的覆盆不照太阳晖！”窦娥在受刑时的这句唱词，是她发自深心的痛苦呼号和血泪控诉，也是剧作家对元代黑暗政治的高度概括。善良无辜的窦娥被冤

---

① （明）宋濂等：《元史》卷二十一本纪第二十一“成宗四”，中华书局，1983年，第456页。

屈处斩，真正的杀人凶手张驴儿却逍遥法外，而像桃杌太守这样的只知收贿用刑的贪官酷吏反而得到了升迁。

关汉卿通过多方面的社会矛盾，广泛地描写了产生窦娥悲剧的社会环境，从她悲剧命运的一开始，就将揭露和抨击的锋芒指向罪恶的社会。而在造成窦娥悲剧的众多社会原因中，官吏的昏庸腐败、贪婪横暴是最根本的、起决定作用的原因。剧本的全部情节发展告诉我们：像窦娥这样一个孤弱无靠的年轻寡妇，她作为一个人，其生存的最低要求和权利，是得不到任何保障的。关汉卿怀着满腔的愤怒，写出了窦娥悲剧酿成的诸种社会原因，写出了悲剧产生的历史必然性。这样，通过窦娥悲剧命运和悲剧结局的真实描绘，就十分有力地向罪恶的封建社会提出了控诉。

（三）层层递进的悲剧冲突

为了充分展示窦娥的悲剧命运，关汉卿在生活的基础上提炼和组织了悲剧冲突，使悲剧冲突层层递进，一直发展到高潮。

剧中的人物不算多，但所代表的社会生活面却相当广泛：有穷书生、高利贷者、骗人的医生、流氓泼皮、官吏等。作者巧运匠心，将这些各色人物所构成的复杂的社会矛盾，井井有条地组织到杂剧艺术四折一楔子的结构框架里，使悲剧冲突的构成和情节的发展，既丰富复杂而又不松散零乱。

作者是如何组织悲剧冲突的呢？

《窦娥冤》是一本旦本戏，全剧以正旦即女主人公窦娥为中心组织故事情节展开戏剧矛盾，因而显得紧凑集中。蔡婆与窦娥的关系最为密切，窦娥离开父亲以后就同她相依为命，可以说是跟窦娥的悲剧命运相始终，是窦娥冤情的见证人，因此最先出场，也写得最多。蔡婆的活动和遭遇，在戏剧情节的发展过程中，起到一种穿插连缀的重要作用。在“楔子”里，由蔡婆的放高利贷引出窦天章，再引出窦娥。由窦天章无力还债而将窦娥（这时名叫端云）卖给蔡家做童养媳，由此开始展示窦娥的悲剧命运。在特殊条件下形成的婆媳二人的关系以及蔡婆的思想性格，都同后面情节的发展和窦娥悲剧命运的展示密不可分。这里有两点值得注意：一是蔡婆虽然“家中颇有些钱财”，以放高利贷剥削人，但夫主亡逝，孤儿寡母，在社会生活中是处于一种容易被人欺压的孤弱地位；二是蔡婆性格中有善良的一面。为了抵债，窦天章实际是将女儿卖给她，所以不敢说是“做媳妇”而只说供她“早晚使用”。

但蔡婆却把窦天章当作“亲家”看待，不但本利四十两银子不要了，还另送十两银子给他做盘缠；对窦娥也说要“做亲女儿一般看承他”。蔡婆的这种身份、地位和性格，都使她在悲剧冲突中跟窦娥一起同属于被欺凌迫害的一面。

“楔子”仅仅是悲剧冲突和窦娥命运的发端。第一折由蔡婆放高利贷引出赛卢医，再由赛卢医行凶引出张驴儿父子，逐步展开悲剧冲突。这时，矛盾冲突尚未触及官府，仅在下层社会中善良与邪恶、光明与黑暗两种势力之间展开。如果蔡婆未遇张驴儿父子而且被赛卢医杀死，或张驴儿父子闯入蔡家后，婆媳二人忍辱屈从，分别成了两个坏人的老婆。这当然也是一个悲剧，但却是思想格调很不相同的另一种面貌的悲剧。作者力图将悲剧冲突深化，并将戏剧矛盾扩大到更广泛、更重要的社会生活面。因而，在这一折中，作者非常高明地在社会冲突中组织进了人物的性格冲突，这就丰富了悲剧冲突的内容，把戏剧情节推向更高的思想高度。性格冲突主要在蔡婆和窦娥二人之间展开，性格冲突由社会冲突引起，而性格冲突的发展，又促使社会冲突变得更加尖锐。在张驴儿的威逼面前，蔡婆就想含羞忍辱答应下来。她对窦娥说：“若不随顺他，依旧要勒死我。”所以“出于无奈”，不仅“自己许了他，连你也许了他”。而窦娥，这个善良纯朴、一向显得温顺柔弱的年轻寡妇，听了婆婆这番话以后，不仅坚决不从，敢于顶撞张驴儿父子，甚至批评和讥讽婆婆的妥协态度。这时，剧本连用几支曲子来表现她对婆婆的指责，刻画她刚强不屈的思想性格。

【后庭花】遇时辰我替你忧，拜家堂我替你愁；梳着个霜雪般白鬏髻，怎戴那销金锦盖头？怪不得女大不中留。你如今六旬左右，可不道到中年万事休！旧恩爱一笔勾，新夫妻两意投，枉把人笑破口。

【青哥儿】你虽然是得他、得他营救，须不是笋条笋条年幼，刬的便巧画蛾眉成配偶！想当初你夫主遗留，替你图谋，置下田畴，早晚羹粥，寒暑衣裘，满望你鳏寡孤独，无挨无靠，母子每到白头。公公也，则落得干生受！

这两段唱词，鲜明地展示了在对张驴儿逼嫁这件事情上，婆媳两人迥然不同的态度，初步地展示了窦娥性格中刚强不屈的一面。同时，也表现了她对婆婆的深切关心：替她羞愧，也替她忧愁。这种感情和性格，正是她后来在公堂上为了保护婆婆而屈招冤死的行为依据。

窦娥坚执不从的态度促进了悲剧冲突的发展。张驴儿因窦娥不肯顺从他，就乘蔡婆生病之机，买一剂毒药，想毒死蔡婆，然后霸占窦娥。张驴儿将毒药下到羊肚汤里，但恰好这时蔡婆呕吐不想吃，张驴儿父亲接来吃下，被误毒死。这时，张驴儿便以“药死公公”的罪名来胁迫窦娥顺从，窦娥仍然不屈，于是告到官府。这样，悲剧冲突进一步发展，就由民间引向了官府，构成了第二折剧情的主要内容。

公堂审案，悲剧冲突表现出更加尖锐的特点。善良无辜、纯朴幼稚的窦娥，这时面对的是两个对立面：张驴儿和官吏。她不曾药死人，她是清白的，凭着她的清白，当张驴儿问她要官休还是私休时，她毫不犹豫地说：“我又不曾药死你老子，情愿和你见官去来。”在她的心目中，官吏应该都是清正廉明，为民主持公道的。但她完全错了。审案过程，悲剧冲突主要在窦娥和贪官酷吏桃杌太守之间展开，张驴儿只起到点染和推波助澜的作用。对桃杌太守的审问，窦娥开始只是以说明真情的方式来回答，所以在她讲完事实经过以后，便怀着殷切的期望说：“只望大人高抬明镜，替小妇人做主咱。”但她面对的却是一个只要钱财不问是非曲直的贪官和昏官，所以当张驴儿调唆说“这媳妇年纪虽小，极是个赖骨顽皮，不怕打的”时，桃杌太守便喝令对窦娥用大棍加刑。窦娥被打得三次昏死过去，又三次喷水醒转过来。这时，她对官府的认识有了醒悟，却仍不屈服，剧本连用三支曲子，表现她内心的痛苦、悲愤和反抗。第一支【骂玉郎】埋怨婆婆软弱招来祸端，让她吃了这顿无情棍棒。第二支【感皇恩】吐诉她在拷打凌逼之下，皮开肉绽、魄散魂飞的痛苦。第三支【采茶歌】则是大声呼喊，一方面是喊出“腹中冤枉”，一方面是对“覆盆不照太阳晖”的黑暗政治提出血泪控诉。桃杌动用大刑，窦娥坚持不招，悲剧冲突出现一种僵持的局面。打破这种局面而使悲剧冲突产生突变的，是窦娥对婆婆的态度。她由苦打不招而变成不打而招，不是出于她的软弱妥协，也不是由于她不堪忍受皮肉之苦，而完全是为了保护婆婆，不连累婆婆。在这里，窦娥的屈招不仅没有淡化悲剧冲突，反而加强了悲剧效果。她在这折戏的末尾【黄钟尾】中所唱的“我做了个衔冤负屈没头鬼，怎肯便放了你好色荒淫漏面贼！想人心不可欺，冤枉事天地知”。前两句是对想霸占她、霸占不成转而诬害她的张驴儿的复仇誓言；后两句则是对官府冤判的控诉，是对天地的呼喊。这里表现出的窦娥内心的痛苦、悲愤的感情和顽强不屈的性格，正是后面第三折和第四折中悲剧冲突在一种新的形式（三桩誓愿的灵验和鬼魂诉冤）中继续发展的内在依据。

第三折，戏剧情节发展到高潮。在第二折里窦娥已蒙冤判斩，悲剧实际上已经完成。第三折写行刑、诉冤，进一步深化悲剧冲突，并集中刻画窦娥的反抗性格。通过一系列的道白和唱词，尤其是三桩誓愿，表现她感天动地的沉冤，也表现她感天动地的反抗精神。著名的【滚绣球】曲词，不仅对人间官府提出控诉，而且对日月、鬼神、天地也发出了怨恨和怀疑。

> 有日月朝暮悬，有鬼神掌着生死权。天地也只合把清浊分辨，可怎生糊涂了盗跖颜渊：为善的受贫穷更命短，造恶的享富贵又寿延。天地也，做得个怕硬欺软，却原来也这般顺水推船。地也，你不分好歹何为地。天也，你错堪贤愚枉做天！哎，只落得两泪涟涟。

旧社会的普通百姓相信天地有灵，以为人间社会没有公理，天地会为人主持公道。然而，在此时窦娥的心目中，连天地也是是非不分、清浊不辨的。这种对天地不公的呼号，是对暗无天日的黑暗社会提出的血泪控诉。在发出三桩誓愿时，还唱出“这都是官吏每无心正法，使百姓有口难言”，一针见血地揭露出她之被冤斩是由于官吏的贪酷昏庸造成的。通过这场戏，不仅使窦娥的冤情得到进一步的表现，而且使窦娥作为一个反抗者的形象升华到了一个很高的思想境界，大大地加强了悲剧的感人力量和批判意义。

第四折写窦娥鬼魂诉冤和冤案最后得到昭雪平反，悲剧冲突在一种幻想与现实相结合的特殊形式中继续发展，直到矛盾最后解决。这折戏虽然在艺术表现上稍嫌繁冗，但并不是多余的。关汉卿出于对黑暗官府和社会罪恶势力的强烈憎恨，出于对被压迫被残害的下层人民的深切同情，同时也是出于他对广大被压迫人民愿望要求的感受，他一定得使善良无辜者的冤屈得到昭雪，使恶人和贪官酷吏受到惩罚。他是情不能已，必得要使视众在经受大悲痛、大震撼之后，在感情上得到一点小小的慰藉。值得注意的是，这折戏在已经写出了悲剧的结局之后，悲剧冲突并未停止和结束，而是继续发展，以一种特殊的形式加以展示。而且，在悲剧冲突中悲剧主人公仍然占据主角的地位。她不是被动地等待皇帝或清官来解救自己，而是继续进行顽强不屈的斗争。人已死，但斗争精神不死，鬼魂形象在促进悲剧冲突的发展和矛盾的最后解决中，起到了决定性的作用。

以上从全剧四折的情节安排和悲剧冲突的组织来看，整部戏都是以窦娥为中心，一方面展示她的悲剧命运，一方面刻画她的思想性格。这样的艺术处理，既在暴露社会政治的黑暗中激起观众对受害者的同情，又在热情歌颂悲剧主人公顽强的反抗精神中引起观众对她的崇敬。而同情和崇敬，正是《窦娥冤》通过戏剧冲突的发展所产生的悲剧感的主要内容。

整个戏剧情节集中紧凑，结构严谨。这除了紧紧围绕窦娥的悲剧命运来组织安排悲剧冲突以外，还跟注意使用伏笔、注意前后照应分不开。例如在“楔子”中，由窦天章的自白知道他的女孩儿“小字端云”，第二折中就通过蔡婆之口，交代了这女孩儿与她做儿媳妇后，“改了他小名，唤做窦娥”。这就为后面第四折写窦天章复审案卷时，看到一起毒死公公的案子，罪犯叫窦娥，只道跟他同姓，而并不知道就是自己的女儿，竟没有引起注意，而使得剧情的发展出现反复和曲折，伏下了重要的一笔。又例如第一折里，写赛卢医在山阳县南门开生药铺，地点不在城里，就为第二折开头写张驴儿因为“城里人耳目广，口舌多”，不敢在城内买毒药，而到南门外的冷静之处，这才重遇赛卢医伏下了一笔。想勒死蔡婆而遇张驴儿父子，同张驴儿想毒死蔡婆而购毒药所遇的太医正好是一个人，这既减少了戏剧情节的头绪，又同时通过张驴儿买毒药时对赛卢医的威胁，揭露了张驴儿的流氓泼皮性格，并展示了城市下层黑暗社会生活的一角。再例如，在“楔子”里，特意写窦天章“上朝取应（应试），又苦盘缠缺少”，这除了交代他卖掉女儿的原因外，更重要的是为后面第四折写他做了官，出任肃政廉访使，重审案件，终于替窦娥平反昭雪，在情节的安排上伏下重要的一笔。这些细微之处，都表现出关汉卿在提炼组织戏剧冲突，表现悲剧主题时艺术构思的精细和周密。

（四）悲剧主人公窦娥的性格特色

悲剧的创造主要不在于演进悲剧故事，写出主人公令人感到凄惨和悲痛的悲剧命运，而在于写出具体的社会历史条件所决定的人物的悲剧性格。窦娥形象的成功创造，是《窦娥冤》艺术魅力和艺术生命力产生的重要原因。窦娥不仅是一个受命运打击折磨的人，而且是一个敢于向命运抗争的人，也就是说，在关汉卿的笔下，不仅怀着悲愤的感情，把窦娥写成一个受凌辱、受迫害值得人们同情的人物；而且还以极大的热情，将她写成一个勇敢反抗、顽强不屈，值得人们崇敬的人物，塑造出了一个有思想光彩的美的形象。

窦娥的思想性格不是单一的，而是有比较复杂的内涵，表现为善良与刚强的统一。

窦娥善良的性格特色，是随着悲剧冲突的发展逐渐展开的，写得很充分。在丈夫死了以后，她对蔡婆尽心侍奉，非常体贴，这固然受到封建孝道的一定影响，但更重要的是在险恶的社会环境中，与婆婆相依为命所表现出的一种纯朴善良的性格。是悲苦的命运将她们紧紧地结合在一起，相依相守，不能分离。这才是她对婆婆关心体贴的根本原因。婆婆外出索债回来晚了，她在家就非常担心；婆婆刚回到家，就赶紧问吃饭没有；见婆婆流泪，就慌忙迎接问候，打听缘由。这些细节虽然只是淡淡几笔，却很好地表现了窦娥心地的善良。当婆婆要屈从于张驴儿的胁迫时，她强烈反对，出语尖刻，意含讥讽，但几次三番说到替婆婆“忧”，替婆婆“愁”，真诚的关切之情还是处处从言辞间流露出来。

她的善良性格最突出的表现，是在公堂上受审时，宁愿以死来保护婆婆。她在大刑之下仍然坚持不肯屈招，可当桃杌太守转而要打婆婆时，她连连叫道：“住住住，休打我婆婆，情愿我招了罢，是我药死公公来。”不惜蒙冤受屈，牺牲自己的生命，以保护婆婆不受皮肉之苦。在这里，窦娥思想性格中分明凝聚着中国人民在长期历史发展中形成的舍己救人的传统美德，闪耀着一种动人的思想光彩。

在押赴刑场的过程中，剧本又进一步展示了她的善良性格。她为了不让蔡婆看见自己屈死而伤心气愤，哀求刽子手押她绕道从后街走。她对婆婆的体贴心疼无微不至，至死不忘，是非常感人的。待见到婆婆时，她唯一的要求仅仅是：“此后遇着冬时年节，月一十五，有瀽不了的浆水饭，瀽半碗儿与我吃；烧不了的纸钱，与窦娥烧一陌儿。”在细腻地写出悲剧主人公心地高洁的同时，通过人物关系，点染一句窦娥的凄凉身世，写出她不仅生前，即便在死后对生活的要求也是这样低。这样写，就更增加了悲剧的感人力量。窦娥是不屈服于命运的，即使死了也不忘报仇雪恨。但她一方面明白告知婆婆自己不甘蒙冤受屈，另一方面看见婆婆大叫“天哪，兀的不痛杀我也”时，又在死前这样劝慰婆婆：“婆婆也，再也不要啼啼哭哭，烦烦恼恼，怨气冲天。……负屈含冤。”以自己的命运不好来宽慰婆婆，使她不要过分悲痛。她的心地是何等善良。

在第四折冤情昭雪以后，作者仍不忘补写一笔，以继续表现她的善良性格。窦娥的鬼魂嘱咐她的爹爹：“俺婆婆年纪高大，无人侍养，你可收恤家中，替你孩儿尽养生送死之礼，我便九泉之下，可也瞑目。”这里虽然不能说没有一点尽孝的思想成分，但主要的还是表现了她善良的思想感情。

剧本就是这样从窦娥与婆婆同属于被欺凌、被压迫的悲剧冲突的一方来展示人物关系，并从中揭示出窦娥善良纯洁的美好性格的。对窦娥善良的一面越是表现得充分，她的被冤屈处死就越能引起读者的同情，也越能暴露出官府的腐败和黑暗，从而显示出她反抗斗争的正义性和难能可贵。

值得我们重视的，是剧本在表现窦娥善良性格的同时，还非常突出地表现了她刚强的另一面；而她性格中善良和刚强的两个方面，又是互相依存，不可分割的。两方面互相映衬、补充，使窦娥的性格内涵更加丰富，更具思想光彩和感人力量。

正因为她心地善良，就更容不得恶势力的肆意横行，因而平日的温顺纯朴中已蕴含着倔强反抗的因素。如果说窦娥性格中善良的一面主要表现在同蔡婆的关系中，那么她刚强的一面则主要表现在对社会恶势力和黑暗官府的抗争中。她对婆婆那样温顺体贴，而当恶势力向她扑来时，她的态度却同蔡婆的忍辱屈从完全相反，表现为刚强不屈，甚至对软弱妥协的婆婆也投以讽刺和嘲笑。这表明窦娥对生活有自己的看法，有明确的是非观念，敢于面对恶势力的威胁，维护妇女的人格与尊严。她对蔡婆虽然尽心侍奉，非常体贴，但又不同于百依百顺、不问是非的愚孝。窦娥的反抗性格，在第一折对蔡婆的劝诫和讥讽中，在同张驴儿的正面冲突中，已得到了初步的展示。在窦娥刚强的性格面前，无论委曲求全的蔡婆还是凶相毕露的张驴儿父子，都拿她没有办法。

第二折公堂受审，窦娥的反抗性格得到了进一步的表现。一方面表现为在酷刑面前坚持不肯屈招，另一方面表现为对官府的黑暗提出直接的指责和控诉，面对审案的太守发出呼喊。接着写她为了保护婆婆而屈招，这一情节上的跌宕转折，不仅丝毫没有影响到对她刚烈性格的表现，反而因为同时表现了她性格中刚强和善良两个方面的统一而使得形象显得更加真实丰满。

第三折临刑前发出的三桩誓愿和死后三桩誓愿的实现，通过幻想的形式突出了窦娥的反抗精神。她的冤屈动地惊天，她的反抗对象也从人间社会扩大到了主宰人间社会的天地鬼神。第四折写冤魂报仇，又进一步表现了窦娥的深仇大恨和不屈不挠的斗争精神。

窦娥性格中所表现出的这种善良与刚强相结合的特点，是剧作家对生活进行真实的艺术概括的结果。在现实生活中，我国长期封建社会里的广大被压迫群众，作为整体来看，就是既表现出善良纯朴的一面，又表现出刚强反抗的一面的。窦娥的性格是社会生活经过作家艺术提炼的结晶，同时也是长时期历史发展中，中国人民传统的宝贵性格的反映。关汉卿有意地将他笔下遭受巨大不幸的悲剧人物的性格写得十分美好，这种自觉的悲剧美的创造意识，使得他笔下的悲剧形象有一种独具的审美特征，即：不仅因为她遭受巨大的不幸和痛苦，以及最后的毁灭，引起观众巨大的震撼和深切的同情；还因为她具有崇高美好的品格而引起观众的崇敬，进而起到一种鼓舞教育的作用，增强观众对生活的信心。窦娥的形象能引起一种美感，一种崇高感，跟这个形象丰富的性格内涵是分不开的。

窦娥形象之所以显得真实而富于艺术感染力，另一个重要原因是人物的性格不是孤立的、静止的，而是与生活环境紧密结合，随着戏剧冲突的推进而发展变化。窦娥是在封建势力的迫害下，经历了一个思想觉醒的过程，才逐渐地显现其全部的性格特征的。

作为一个身世悲苦的孤弱女子，开始时她的善良和刚强的性格更多地表现为对苦难生活的忍受，反抗性是十分微弱的。她被卖做了童养媳，婚后不久又成了寡妇，生活是极其艰辛的。她心中充满怨愤和不平，但是没有怀疑，没有抗争，只是默默地忍受着生活加给她的深重苦难。她“情怀冗冗，心绪悠悠”，在无法忍受时也曾对自己的苦命发出过这样悲愤的质问：“满腹闲愁，数年禁受，天知否？天若是知我情由，怕不待和天瘦。”然而宿命论的思想观念又使她把自己的苦难归结为命运不好：“莫不是八字儿该载着一世忧，谁似我无尽头。”“莫不是前世里烧香不到头，今也波生招祸尤。”于是，又把改变命运的希望寄托在“早将来世修”上面。这时窦娥的生活信念和准则，只是：“我将这婆侍养，我将这服孝守，我言词须应口。”也就是侍奉婆婆以尽孝，洁白自持以守节，明显地受到封建伦理道德观念的影响。但既然她对命运不满，并向天发问，就表明她并不甘心忍受这种苦难，并且在探寻着正确的答案。这本身就潜伏着和孕育着反抗的因素。

张驴儿父子突然而来对婆媳二人的欺压凌辱，就如铁器撞击在火石上，从窦娥身上第一次闪射出反抗的火花。但这时在她反迫害的刚毅性格中，还明显地包含着某些落后的思想因素，这就是她所谓的“我一马难将两鞍鞴”的从一而终的思想。在她对婆婆的劝说和讥讽中，也流露出贞节观念的影响。如说：“婆婆也，怕没的贞心儿自守，到今日投着个村老子，领着个半死囚。”而在她对屈辱求生的婆婆锋芒毕露的批评中，又表明了她已开始突破封建孝道的束缚，而在反抗的道路上大大地前进了一步。

但这时的窦娥，因受到环境教养和生活阅历的限制，对官府还缺乏认识，还抱着很大的希望。直到那位桃杌太守对她横施大棍，打得她血肉模糊时，这才对黑暗的官府有了清醒的认识，发出“呀！这的是衙门从古朝南开，就中无个不冤哉”的血泪控诉。

她死前的三桩誓愿，是她幻想破灭、彻底觉醒的标志，不仅对人间官府提出抗议，而且对不辨清浊、不分好歹的天和地也提出了质问和谴责。这是第四折冤魂复仇的思想基础。可以说，三桩誓愿及其实现，是窦娥反抗性格的升华和理想化；而冤魂报仇，则是窦娥反抗性格的进一步发展和延伸。由于作者有根有据地写出了这个孤苦无依、安分守己的弱女子，怎样在迫害和反迫害的斗争中，由黑暗的现实本身一步步地铸造了她光辉的反抗性格，因而，三、四折中的幻想性描写，虽然完全出于虚构和想象，却并不显得虚妄不实，而仍然充满着现实生活的血肉，使人物形象更加鲜明，更富于理想的光彩。

除窦娥外，其他人物虽然着墨不多，也都各有自己的性格特点。如蔡婆的善良和软弱，张驴儿的强横和无耻，桃杌太守的贪鄙和凶残等，都给读者留下了比较深刻的印象。如果单是悲剧主人公塑造得好，其他人物太弱，则不能构成真实动人的悲剧冲突，也就算不得一部成功的悲剧作品。《窦娥冤》中除了窦天章形象缺少血肉，显得比较概念化以外，其余人物虽有主次、轻重的不同，但作为构成悲剧冲突的形象整体，还是相称和平衡的。

（五）历史意识的积淀和思想的升华

一个忠于生活的作家，在表现生活时作什么样的艺术处理，并不是随心所欲、不受任何约束的。即使是采用超现实的幻想形式，表面上看起来是现实生活中不可能出现的带着某种神异的色彩，但仍然是历史与现实的提炼与升华，与社会生活保持着紧密的联系。

《窦娥冤》所写的窦娥蒙冤被斩以及她顽强不屈的反抗斗争精神，完全是关汉卿所生活的元代社会的真实反映，人物、场面乃至细节、气氛都散发出浓厚的生活气息。直到第三折的前半部分，即在窦娥被处斩以前，剧本完全是以现实生活本身的形式来表现的；但在第三折的后半部分和第四折，却运用了超现实的幻想的手法，写窦娥临死前立下三桩誓愿，死后三桩誓愿一一实现，以后又出现鬼魂上场的场面。这些都完全是出于一种艺术的想象。怎样评价这种超现实的幻想描写呢？它同整个剧本的真实深刻的现实内容有什么联系呢？过去在学术界是曾经出现过争论的。有人认为剧本中的这些描写表现了封建迷信思想，是《窦娥冤》中的糟粕。这样的评价，并不符合历史唯物主义。

首先应该承认，这样的艺术处理，是特定历史条件下的产物。在旧时代，人民群众普遍相信鬼神的存在，天地有灵和天人感应的思想也相当普遍，只有在这样的时代条件下，剧作家才可能采用这种特殊的艺术手法，以表现他的思想感情和对生活的认识。同时还应该认识到，作者利用天人感应和鬼神迷信思想来表达他的爱憎感情和是非观念，是采用的一种特殊的艺术表现手法。艺术作品中的神灵鬼魂，由于经过剧作家思想上的熔炼和艺术上的处理，被赋予了积极的思想内容，并具有了审美特性，因而能给人以健康的思想影响和美感，同宣传封建迷信思想是不可同日而语的。

《窦娥冤》中写窦娥被斩以前发下三桩誓愿，其目的就是为了证明她是蒙受冤屈的。第一，取丈二白练挂在旗枪上，刀过处一腔热血半点儿也不沾在地上，都飞到了白练上；第二，行刑时正好是三伏天，窦娥身死之后，天降三尺瑞雪，遮盖了她的尸首；第三，窦娥冤死之后，楚州大旱三年。前两桩当即应验，第三桩，死后三年，待其父窦天章来重审案卷时，也完全应验。这样的艺术处理不是关汉卿凭主观想象出来的，而是有其深厚的历史渊源，是历史意识的积淀在艺术上的一种反映。

《窦娥冤》写的是元代的现实题材，却明显地留存着脱胎于东海孝妇故事的痕迹。窦天章在重审案卷时，曾两次提到东海孝妇的故事，而窦娥立第三桩誓愿时是这样唱的：

> 你道是天公不可期，人心不可怜，不知皇天也肯从人愿。做什么三年不见甘霖降？也只为东海曾经孝妇冤。如今轮到你阳山县。这都是官吏每无心正法，使百姓有口难言。

东海孝妇的故事，最早见于《汉书》卷七十一《于定国传》，晋干宝《搜神记》卷十一也有“东海孝妇”条。故事大意是这样的：东海郡有个年轻的寡妇，对婆婆非常孝顺，婆婆想让她改嫁，她不肯。后婆婆自缢身死，她被诬告杀死婆婆，昏庸的太守冤判她为死刑。当时在东海郡任狱吏的于公（于定国的父亲）为其辩诬不得，孝妇被杀后，因其冤屈感动上天，东海郡大旱三年。新任郡守听了于公的话，东海孝妇的沉冤得到昭雪，天立即下了大雨。这个故事的主要思想，一是为了表彰孝妇对婆婆的孝道，二是歌颂于公的阴德。但同时也具有积极的思想意义，即昏官判案，诬杀无辜，为天意所不容。大概由于元代政治黑暗，冤案很多，所以东海孝妇的故事在当时有广泛的影响。据钟嗣成《录鬼簿》载，元代的王实甫和梁进之都有《于公高门》杂剧，就是演述东海孝妇故事的，但皆亡佚不传。关汉卿显然受到这个故事的启发，化用在剧本中，又从表现元代的现实生活出发，进行了彻底的改造。他剔除了这个古老传说中的消极成分，突出了其中积极的一面，用以表现窦娥蒙冤之深，揭露和抨击当时社会政治的黑暗，尤其是官吏的昏庸贪暴，并热情地歌颂了被压迫妇女的反抗斗争精神。

其实不只是东海孝妇的故事给关汉卿以启发，在窦娥发出三桩誓愿时，她的唱词中还同时提及另外三个相关的典故，就是："苌弘化碧""望帝啼鹃""飞霜六月因邹衍"。苌弘是周朝的大夫，他受诬被杀于蜀地，蜀人将他的血藏起来，三年后竟化成一块碧玉。望帝是传说中的蜀王杜宇，他被迫传位给臣子，死后灵魂化为杜鹃，日夜悲鸣，其声凄切。邹衍是战国时人，他事燕惠王十分尽忠，后被诬陷下狱，他仰天大哭，天为之感动，六月竟然下起大雪来。这些典故都出于民间传说，都融进了人民群众的思想感情。虽然内容各异，但有一点是共同的：上天有灵，容不得世间冤屈不平的事情发生，它必定要以这样那样的形式，维护公理，表现出鲜明的爱憎。这是出于一种天人感应的思想，在长期历史发展中，人民群众借用这种思想，逐渐形成一种历史的意识：人间到处是冤屈不平，但上天是会主持公道的。这种长期积淀的历史意识，在剧本中就集中地表现在窦娥三桩誓愿的发出和应验上。如窦娥所唱："若没些儿灵圣与世人传，也不见得湛湛青天。"窦娥认为"湛湛青天不可欺"，这同时也是戏剧家关汉卿本人的认识。值得注意的是，在剧本里不是上天自然地受到感动，显出其"灵圣"，而是经由负屈含冤者本人对上天的呼喊才实现的。在这里显示的，与其说是上天的意志，毋宁说是人的反抗意志通过上天"灵圣"的反映而得到了强化。窦娥虽然怀疑并指斥过天地不公，但在她那个时代，要求她彻底否定天命是不可能的。一方面怀疑天命，一方面又无可奈何地依靠天命，呼唤天命，这才是真实的有生命的窦娥。三桩誓愿一一实现，天从人愿，这是人的胜利；反抗意志和斗争精神不仅由此得到突出和强化，而且在艺术上取得了一种意象化的诗的效果。那直飞白练的一腔热血，那遮盖冤死者尸首的洁白的飞雪，都成为一种富有诗意的意象，使窦娥的形象连同她的死本身都被赋予了一种悲壮美。总之，三桩誓愿及其实现的浪漫主义幻想，是作者借天以写人，歌颂的不是天，而是人，是被压迫被残害者窦娥的反抗斗争精神。

鬼魂上场则是对窦娥反抗意志的强化和复仇思想的艺术升华。第四折写窦娥的冤案得到昭雪，是矛盾冲突的最后解决。从表面上看，这桩冤案的昭雪是由于“廉能清正，节操坚刚”的肃政廉访使窦天章的重行审理、公正执法。但从剧本的艺术描写来看，实际上是窦娥死后冤魂不屈，进行顽强斗争的结果。

魂旦出场时唱道：“我每日哭啼啼守住望乡台，急煎煎把仇人等待。”(【双调·新水令】) 人死了，但反抗精神不死，复仇思想不死。窦娥的鬼魂是为了昭雪自己的沉冤，是为了复仇而登场的。所以，门神户尉不让她进去，她说：“我是廉访使窦天章女孩儿，因我屈死……”跟生前一样，窦娥的鬼魂一开始就是以一个顽强不屈的反抗者的形象出现的。重审的过程更突出了窦娥的作用。窦天章任肃政廉访使之职，来到楚州地面巡察，已接触到窦娥的案卷，按理窦娥的冤情是很容易发现的。但当他翻到窦娥冤死的文卷时，却不细审始末，就糊里糊涂地认为：“这是问结了的文书，不看他罢。”便漫不经心地“将这文卷压在底下，别看一宗”。问结了的文书就不看，还要你这个“随处审囚刷卷”的肃政廉访使干什么呢？可见在关汉卿的笔下，这位领钦命的肃政廉访使也是相当糊涂的。作者这样写，目的正是为了突出窦娥鬼魂的反抗意志与行动在案情昭雪中所起的作用。为此，剧本不避其繁，有意重复，写窦娥的冤魂几次将窦天章阅案的灯火弄暗，又几次将窦天章压到下面的文案翻到上面来，终于引起了窦天章的注意：“这桩事必有冤枉。”最终，窦娥的冤情也不是窦天章翻文卷查出的，而是窦娥的鬼魂当面对窦天章诉说的。魂旦唱：“父亲也，你现掌着刑名事，亲蒙圣主差。端详这文册，那厮乱纲常当合败。便万剐了乔才，还道报冤仇不畅怀。”(【得胜令】) 之后，窦天章才下决心重审此案。显而易见，单是重审本身，就是窦娥向昏庸糊涂的廉访使窦天章作斗争得来的。在重审过程中，剧本又写窦娥鬼魂上堂跟罪犯张驴儿对质，在澄清案情中起到了关键性的作用。

人死后还有鬼魂，鬼魂还会进行种种活动，这当然是一种迷信思想。但关汉卿写鬼魂上场诉冤，目的并不在宣传封建迷信思想，而是借这种旧时代中人们的普遍观念，通过艺术的想象，来强化被压迫者的反抗意志，将窦娥的斗争精神和复仇思想加以升华。正如第三折写三桩誓愿及其实现是借天以写人一样，第四折写鬼魂上场是借鬼以写人。与其说关汉卿是在写鬼，不如说他是换了一种形式在更好地写人，或者更准确地说他写的是一个人化了的鬼。窦娥鬼魂的思想感情，她的爱和恨，她的愿望与要求，都完全是人间社会的，充满现实人生的真实内容。在魂旦身上，不见阴森森的令人害怕的鬼气，却洋溢着人世间生意盎然的令人感佩的反抗复仇精神。

从剧情和悲剧冲突的发展看，全剧完全可以在第三折结束。只写三折，剧本的情节和结构也都可以说是基本上完整的。但第四折绝不是蛇足。关汉卿的思想和中国人民长期形成的审美心理，都决定了《窦娥冤》必得写出这第四折，才算完足，才算完美。关汉卿是一个十分关注现实并执著于现实的戏剧家，他真实地不加掩饰地描写广大下层人民的苦难。但他同时又是个乐观主义者，一个富于热情的理想主义者。他在看见黑暗的同时也看见光明，他在表现大黑暗时总要给人以希望。值得注意的是，他所看见和寄托的希望，不是别的，正是他十分热爱的下层被压迫者身上所表现出来的高贵品质和反抗斗争精神。因此，关汉卿在他的剧作中不仅深切地同情并真实地写出受难者的痛苦和不幸，而且总要写出正义的伸张，这种伸张主要还是依靠被迫害者自身的努力来实现的。这是关汉卿的难能可贵之处，也是他的伟大之处。他写出，窦娥经历种种压迫、苦难，衔冤而死，但经她生前死后的不屈努力和顽强反抗，最后终于成了一个胜利者。这使得读者在经受了大悲痛、大震撼之后，精神上得到一种慰藉。中国人民长期形成的审美心理，是乐于接受这种超现实的慰藉的。

冤魂报仇的结尾，也是窦娥性格的逻辑发展所决定的。在第二折的末尾她就唱过："我做了个衔冤负屈没头鬼，怎肯便放了你好色荒淫漏面贼！"（【黄钟尾】）这是写魂旦上场的人物性格的内在依据。而在鬼魂诉冤中所唱的："呀，这的是衙门从古向南开，就中无个不冤哉。痛杀我娇姿弱体闭泉台，早三年以外，则落的悠悠流恨似长淮。"这是她死后三年，在九泉之下"悠悠流恨"中复仇意识的加强与提高。因而她便对父亲提出这样的希望："从今后把金牌势剑从头摆，将滥官污吏都杀坏，与天子分忧，万民除害。"窦娥反抗的不仅是一个贪官污吏，一个桃杌太守，而是普遍的政治黑暗。她要求昭雪的不仅是自己的冤屈，也包括了跟她同命运的无数受压迫者的冤屈。这样，通过冤魂报仇的描写，窦娥的思想性格也得到了丰富和提高。再者，人世间的冤屈在现实中得不到昭雪，还要冤死者的鬼魂自己进行斗争，否则即便有肃政廉访使这种形同虚设的专职官吏来复查案件，同样得不到昭雪。这就更加显示出现实政治的黑暗，加强了作品的悲剧性，使读者产生一种悲凉之感和对罪恶社会的痛恨。李健吾先生曾说：

> 他（关汉卿）虽然写鬼，但是从技术观点看来，只是一种戏剧手段。鬼的存在，例如窦娥的鬼魂，反映人间正气不伸，属于安慰观众的一种程式，迷信在这里的消极作用，正如在莎士比亚的悲剧，远不及艺术上所起的积极作用。①

如果把写天人感应和鬼魂上场看成是《窦娥冤》的思想糟粕，是不懂得关汉卿，也是不懂得戏剧艺术的。

如果说《窦娥冤》还存在着时代和阶级的局限的话，那主要表现在封建的孝节观念和对清官的幻想上。尽孝和守节在窦娥的思想性格中有明显的表现，并常和抗暴与复仇的刚烈性格结合在一起。虽然在戏剧发展过程中有所变化和突破，但直到结尾时冤魂上场，窦天章以“三从四德”一套封建伦理道德来斥问她时，在她刚强沉痛的诉冤中，仍然能闻出孝和节的封建思想的气息。至于希望清官出来杀遍世间的贪官污吏，那当然也只是一种幻想。这些，在今天的读者看来当然不能尽如人意，但这都是时代限制了关汉卿，剧作家不能超越他的时代，我们也不能脱离历史条件去苛求于他。

① 李健吾：《从性格上出戏兼及关汉卿创造的理想性格》，见李修生、李真渝、侯光复编《元杂剧论集》上册，百花文艺出版社，1985 年，第 338 页。

赵氏孤儿

（一）一个古老历史故事的成功改造

有关《赵氏孤儿》的作者纪君祥（一作天祥）的历史资料非常少。据钟嗣成《录鬼簿》的记载，知道他是大都（今北京）人，与李寿卿、郑延玉同时。又据《录鬼簿》及《太和正音谱》等书著录，他著有杂剧六种，即《冤报冤赵氏孤儿》《陈文图悟道松阴梦》《信安王断复贩茶船》《韩湘子三度韩退之》《曹伯明错勘赃》和《驴皮记》。今仅存《赵氏孤儿》全本及《松阴梦》残曲。奠定纪君祥在中国戏剧史上地位的，就是这部仅存的《赵氏孤儿》。

《赵氏孤儿》是一部极其悲壮感人的历史剧。剧本取材于一个古老的历史故事，故事发生在春秋时期的晋国，时间距纪君祥创作此剧的元代已历一千九百多年。这个故事的原始素材，最早见于《左传》，其后司马迁的《史记》和刘向的《说苑·复恩篇》《新序·节士篇》有了较详细的记载。但《赵氏孤儿》不是对一个古老的历史故事的简单改编，而是根据作者对历史与现实生活的深刻体验，根据时代的需要，对这个故事作了成功的改造，是渗透了作者的思想感情，体现了作者对历史和社会生活评价的新的艺术创作。

比较《左传》和《史记》所载，剧本对历史素材有如下几方面的加工改造：第一，故事发生时间的改变。在《左传》和《史记》的记载中，主要的故事内容发生在晋灵公死后的晋成公及晋景公时代，剧本却安排在晋灵公时代，使时间集中，是为了便于集中组织戏剧情节。据《左传》宣公二年载，钽麑行刺、放獒咬盾及灵辄救护等事发生在晋灵公十四年（前 607），赵氏（赵同、赵括等人）被诛是在晋景公十七年（前 583），剧中均改作灵公时事。

孤儿复仇诛杀屠岸贾一家，《左传》不载，《史记》卷四十三《赵世家》中记为景公时事，而剧本却推后到悼公时。这一时间的改动，牵涉到一个重要情节的改变。孤儿复仇事，据《史记》所载，是因为晋景公生病问卜，龟策显示是因为对晋国有大勋业的人死后后代绝了祀，所以作祟。景公由韩厥之口知道赵氏孤儿尚存，于是重立赵氏地位，并下令赵武（孤儿）与程婴会同诸将诛灭屠岸贾全家。复仇依赖的完全是神灵和国王的力量，所以事情发生在景公时孤儿只有十五岁是完全可以的。但剧本改变为由程婴讲述真情，孤儿凭借自己的力量去报仇（第五折处理为晋悼公派上卿魏绛下令并协助孤儿报仇雪恨，对这一思想有所冲淡）。这样，在思想上就更具有积极的意义。根据这一剧情改变的需要，将孤儿复仇的时间处理为二十岁，改在悼公时期，就比较合乎情理了①。

第二，人物以及人物有关的身份、地位、行事等都有较大的改变。《左传》有关这个故事的记载，主要见于宣公二年，成公四年、五年、八年，但都未提到屠岸贾这个人以及程婴、公孙杵臼救孤、抚孤事。《史记》参考了更多的历史资料，并且很可能还吸收了民间传说的成分，在卷四十三《赵世家》和卷四十五《韩世家》中，才叙及屠岸贾同赵氏的矛盾以及公孙杵臼和程婴救孤、抚孤的内容。剧本将本来是赵朔门客的公孙杵臼，改为仅仅是与赵盾同殿为臣的老宰辅；将本来是赵朔的至交实际上也是门客、在赵氏灭族时本应殉死的程婴，改为仅仅是同赵府有较深交情的草泽医生。这样一改动，就大大减弱了在他们救孤、抚孤行动中狭隘的报恩思想的成分，而大大加强了他们对奸佞与邪恶势力的憎恨，以及出于正义感而牺牲自己的精神，从而大大提高了人物的思想品格和剧本的思想意义。

在《左传》和《史记》中，韩厥都是一个极重要的人物，其身份本为晋国上卿，反对屠岸贾谋诛赵氏的是他，通报赵朔赶快逃跑的是他，受赵朔托孤的是他，后来孤儿长大说明真情为赵氏恢复地位的也是他。但剧本中却将他也处理为屠岸贾麾下的一位富于正义感的下将军，受屠岸贾之命去把守府门，结果放走程婴和孤儿后自刎而死。这一改动具有非常重要的意义。一方面突出了许许多多人都为正义而献身的思想；另一方面为程婴救孤、抚孤以及二十年后孤儿复仇的重要情节留出地步。韩厥的身份和行事不改变，程婴救孤、抚孤和孤儿靠自身力量大报仇的思想就不可能得到充分的表现。

---

① 由灵公末到悼公初，中间相隔不止二十年。但这是艺术创作，不是写信史，不必过于拘泥。

另外，赵朔之妻在《左传》和《史记》中本来是成公之女或成公之姊，在剧本中改为灵公之女。这一方面是出于时间集中、情节集中的需要，同时也有利于表现晋灵公的昏庸无能和屠岸贾的擅权与奸恶。

第三，情节上的多处改动。《左传》宣公二年载，晋灵公昏庸无道，赵盾进行忠谏，灵公不改，赵盾因进言急切，引起灵公对他的不满和怨恨。钼麑行刺、放獒咬盾、提弥明灵辄救盾等事都是灵公欲害赵盾引出的。《史记》卷三十九《晋世家》所载略同。但剧本都移到了屠岸贾身上，而且在剧本一开头的“楔子”中就叙出，作为戏剧情节展开的背景，大大加强了戏剧冲突。

关于赵氏被灭族的原因，《左传》和《史记》所载有一个演变过程。据《左传》成公四年、五年和八年所载，赵氏灭族是在晋景公时，与屠岸贾无涉，原因是由于家族的内部矛盾。因赵庄姬（即成公之女赵朔之妻）不贞，同赵婴私通，同族的赵同、赵括便起而逐出赵婴，因赵婴的出亡而引起赵庄姬不悦，便在晋景公面前进谗言，景公于是杀了赵同、赵括，将赵氏田产没收赏给祁奚。后来庄姬之子赵武立为赵氏一族的继承人，得以恢复，是出于韩厥对晋景公的劝说。到了《史记》《赵世家》及《韩世家》中，则改变为由于忠奸斗争的结果。晋景公时赵盾已死，权奸屠岸贾做了掌管刑狱的司寇，借口赵盾的同族兄弟赵穿弑了灵公，赵盾本人虽未参与其事，但应算作是逆贼之首，因而，不能容忍其后代赵朔在朝做官，于是背着国君会同诸将诛灭赵族，杀了赵朔、赵同、赵括、赵婴等人。剧本移灵公谋害赵盾事到屠岸贾身上，以屠岸贾和赵盾之间的忠奸斗争为背景，将主要篇幅留出来充分地描写围绕着害孤和救孤而进行的正义与邪恶之间的斗争，思想内容有了极大的丰富、提高。

关于托孤事，史载原为赵朔向韩厥托孤，剧本改为公主向程婴托孤。这一改变，同剧本对韩厥和程婴这两个人物的处理有关。既然韩厥已不再是后来请立赵孤的重要人物，而被写成放孤后自杀而死，在整个悲剧冲突中他的戏就变得很少，因而便将这一重要情节移到处于整个悲剧冲突中心的重要人物程婴的身上。这样既突出了程婴在整个戏剧冲突中的地位，加强了对他的刻画，也使得戏剧冲突更集中更尖锐。

与此相关的一些细节也有重要改变。例如《史记》中载，屠岸贾到宫中搜索孤儿，因“夫人置儿袴中”才未搜出。剧本改为由程婴用药箱带出宫外，不仅加强了程婴的戏，突出了他在救孤中的重要作用，而且由此引出一系列情节，如韩厥放孤自刎、程婴携孤访公孙杵臼、二人共同商量救孤方法等，大大地丰富了戏剧的内容。

另一个重要的改变，是从用别人的孩子代替赵氏孤儿被杀，改为程婴主动以自己的亲生婴儿代替赵氏孤儿被杀，这就更加突出了程婴救孤的自我牺牲精神。

故事的结局也有很大的不同。在《史记》中，赵孤得救后是与程婴一起藏匿山中的，而剧本却作了一个大胆独特的艺术处理，十分自然地写程婴因出首告发公孙杵臼诛了赵氏孤儿便取得了屠岸贾的信任，被收作门客，赵氏孤儿因此也以程婴之子的名义被屠岸贾收作义子。这样，赵氏孤儿便在最危险的境地中得以最安全地生活了二十年，还从屠岸贾那里学得了高强的武艺，最后终于报了冤仇。这比原故事中孤儿凭借神灵和他人之力诛杀仇人、恢复地位，其思想意义要积极得多。而且，屠岸贾将自己恨之入骨的仇人之子亲自养育成人，自食其果，归于毁灭，也是对他的阴险奸诈的一种尖锐的嘲讽，《史记》中对赵孤十五年的山中藏匿生活一字未写，完全是一段空白。剧本在三、四折之间虽也跳跃了二十年，但由于孤儿是生活在虎穴之中，便给观众留下悬念，引起他们深切的关注和种种猜想。这样，这二十年就不是一段真正的空白，而是虚中有实。戏剧冲突并未中断，在平静中潜伏着、酝酿着，一直水到渠成地发展为大快人心的大报仇结局。这一改变，完全是出于剧作者精心的艺术构思。

至于作为全剧主体的屠岸贾下令搜杀全国婴儿，以及在这种险峻形势下公孙杵臼与程婴在搜孤救孤中的种种表现和惊心动魄的场面，主要是剧作者的艺术创造，在《左传》和《史记》中都是没有记载的。

从上面的对比分析中可以看出，这个古老的历史故事由《左传》到《史记》再到剧本，不仅有一个清晰的演变过程，而且在剧本中是得到了彻底的改造的。赵氏灭族，在《左传》中是由于晋灵公和赵盾之间的君臣矛盾和家族纠纷（因庄姬不贞而进谗），到《史记》演变为忠良和奸臣之间的斗争，剧本则仅仅借用忠奸斗争作为故事演进的背景，描写的主要内容并不是忠奸斗争的本身，而是由忠奸斗争引出的善良与邪恶的斗争、正义与非正义的斗争，着重表现的是邪恶力量的凶残奸险，正义力量勇敢无畏的斗争精神。因而剧本不仅展示了邪恶力量如何摧残和迫害善良的人们，而且还展示了正义的力量如何坚持斗争并最后战胜非正义的力量。从思想内涵来看，剧本既是对黑暗的鞭挞，也是对光明的歌颂。这个古老的历史故事经过剧作者的改造以后，是颇富于鼓舞力量的。

由于剧作者对历史素材作了成功的改造，因此全剧的戏剧情节非常集中，戏剧冲突十分尖锐，不仅引人入胜，而且有震撼人心的效果。但剧作者所进行的这种改造，又不单单是出于戏剧艺术表现上的需要，从根本上说，这是一种思想上的提炼和熔铸。任何时代，任何一部描写历史题材的作品，作者的目的都并不在于简单地向读者讲述一个古老的历史故事，而总是要借历史传达现实的声音。显而易见，《赵氏孤儿》所要着重表现的正是元代黑暗现实生活所需要、所呼唤的为正义而斗争、无所畏惧和自我牺牲的崇高精神。所以说，《赵氏孤儿》是一部既有历史内容而又富于时代感的历史剧，是一部既震撼人心又令人鼓舞的悲壮的社会悲剧。剧本成功地改造了历史素材，显然是从历史传统和现实生活两个方面吸取了精神养料的。

《曲海总目提要》卷二中关于《赵氏孤儿》的提要，谈到剧中使用“驸马”“公主”等词语不符合所描写的时代的实际情况时，有这样一句评语：“按驸马、公主等，春秋时并无此称。作者往往因时随俗，不复顾本事年代。”如果理解得广泛一点，所谓“因时随俗”，就是指剧作者对历史素材根据现实和主题表现的需要而进行改造，不单单是指词语的使用，就是剧中的人物、情节、细节等，也都常常是根据这一原则进行改造的。《赵氏孤儿》对历史素材的成功改造，既体现了剧作家认识历史和现实生活的思想高度，也表现了剧作家杰出的艺术创造才能。明代孟称舜在《酹江集》中评此剧云：“此是千古最痛最快之事，应有一篇极痛快文发之。读此觉太史公传犹为寂寥，非大作手不易办也。”① 称纪君祥为“大作手”，这个评价并不算得过分。

（二）崇高美和悲壮美的统一

《赵氏孤儿》在角色分配、人物安排、关目组织等方面都有其独特的创造之处。按剧本的“正名”《赵氏孤儿大报仇》，赵氏孤儿应该是剧本中的悲剧主人公，但他在全剧中的戏并不多。在前三折中只是一个被救护的婴儿，没有也不可能有什么活动，他的戏仅仅集中在第四折和第五折的大报仇上。而且，实际上在第四折的戏剧冲突中起主导作用的并不是他，而是程婴。按元杂剧的通例，在角色分配上，一般由正末扮演男主角，由他主唱到底，其他的角色仅有宾白。可是在《赵氏孤儿》中

① 王季思主编：《中国十大古典悲剧集》，上海文艺出版社，1982 年，第 69 页。

正末一角扮演的不止一个人物，第一折中扮演的是韩厥，第二折和第三折中扮演的是公孙杵臼，第四折和第五折中扮演的是长大成人的孤儿程勃。在整个戏剧冲突中贯穿始终的一个人物是程婴，却并没有由正末来扮演。角色分配上的这种特殊处理，体现了剧作者在艺术构思上的一个重要指导思想，即他要突出的是一个群体，而不是某一个个人。戏剧冲突的背景，是屠岸贾同赵氏之间的忠奸斗争，但在实际的悲剧冲突的展示中，作为屠岸贾对立面的并不是（至少可以说主要不是）赵氏，因为在“楔子”中已交代赵氏一家三百余口已被诛杀灭门，其后赵朔与公主也相继被赐死或自缢而亡，赵氏一门剩下的仅仅是一个刚出生一个月的根本不能同屠岸贾对抗的孤儿。因此，在戏剧冲突中，真正构成与屠岸贾相对抗的对立面的，是同情赵氏、憎恨屠岸贾的一群人。其间，贯穿悲剧冲突始终，并在冲突的发展和解决中起重要作用的是程婴，但作者却偏偏不派给他主角的角色。也就是说，在剧作者的艺术构思中，将程婴当作一个主要人物来描写，却并没有将他看作整部悲剧的主人公。作者在人物安排、人物描写上虽有主次之分，但却是着眼于群体，写众多的本来是互不相干或至少是关系不大的人物，在与邪恶势力进行斗争这一点上而汇聚起来，或先或后参与斗争，都作出了自己的努力和贡献。在保存赵氏孤儿、同邪恶势力的代表屠岸贾作斗争并取得最后胜利的过程中，这些人都占有不可缺少的地位，起到不可代替的作用。从角色的分配看，从人物在戏剧冲突中所起的作用看，我们很难指出某一个人（包括似乎是理所当然的赵氏孤儿在内）是这部悲剧的真正主人公。把《赵氏孤儿》的悲剧主人公看作是围绕救孤活动的一个群体，即一个体现了与邪恶势力相抗衡的代表正义力量的群体，似乎更符合剧作者艺术构思的意图和剧本艺术描写的实际。这是《赵氏孤儿》悲剧冲突构成中的一个突出特点，抓住这一特点有助于我们正确地把握和体验剧本作为一部杰出的古典悲剧的审美特征。

与这一特点相关联的另一个重要特点是，在众多的悲剧人物中，除了赵氏孤儿本人外，其他人物原来都不是屠岸贾直接迫害的对象。他们之所以投身这场斗争，有的甚至毫不犹豫地献出自己的生命或自己的亲人，完全是出于对邪恶势力的憎恨和对被迫害者的同情。一句话，他们是激于义愤而献身的，也就是说，作为这个悲剧人物群体的共同特色，不是消极被动地受凌辱、受迫害，无可奈何而丧生，而是积极主动地向恶势力进攻，是自觉地为他们所认定的正义事业而牺牲自己。王国维在评论《窦娥冤》及《赵氏孤儿》的悲剧价值时特别指出：“剧中虽有恶人交构其间，而其赴汤蹈火者，仍出于其主人翁之意志，即列之于世界大悲剧中，亦无愧色也。”[①]这是很有眼光的。

剧本的以上两个特点，同剧作者对生活的认识以及由这种认识所决定的创作意图是分不开的。剧本虽然取材于历史上的一场忠奸斗争，具体的悲剧冲突的组织也仍以忠奸斗争为背景、为框架，但作者的着眼处显然不在忠奸斗争本身。剧本对为不忍杀赵盾自己触树身亡的钽麑虽然写得很少，但在精神品德上是经过改造并加以强调的。第四折在写程婴向程勃讲述悲惨身世时以较多的文字补述出钽麑触树自杀的原因，是由于他看到赵盾“专一片报国之心，无半点于家之意”，认识到“公道明如日”，不忍杀害忠良以助奸恶。这就强调了在善与恶的斗争中人物明确的是非观念和在这一思想基础上产生的强烈的正义感。其他人物，除灵辄表现出较浓厚的报恩思想外，作者在描写中所强调的都是人物的正义感。

为正义而献身，在韩厥这个人物的身上表现得更为突出。他在剧中的身份，只是屠岸贾门下一位把守府门防止有人将孤儿带出的将军。他有着鲜明的是非观念，在【仙吕·点绛唇】曲中，他将屠称为“贼臣”，痛恨他“把忠孝的公卿损”；在【混江龙】曲中，又斥责屠为“人间恶煞”，而不承认他是什么“阃外将军”；在【油葫芦】和【天下乐】两曲中，骂屠岸贾杀孤儿太残忍，并且预言他“怒了上苍，恼了下民”，终有一日上天也是不会饶恕的。虽然由于历史条件的局限，他认识问题离不开忠奸斗争的角度，但他是非分明、爱憎强烈，这样的思想感情正是他义行的基础。当他经过盘查，发现程婴的药箱之中携带婴儿时，他对程婴说：“我若把这孤儿献将出去，可不是一身富贵？但我韩厥是一个顶天立地的男儿，怎肯做这般勾当！”他毅然地放程婴带着孤儿出府。当他看出程婴似有疑惧时，一面以“忠臣不怕死，怕死不忠臣”来激励他，一面为了取信于程婴，坚定他救孤的信念和决心，在恳切地托付他“要殷勤，照觑晨昏，他须是赵氏门中一命根”以后，拔剑自刎。他不仅放孤，而且托孤，不仅不谋荣华富贵，而且舍生取义，表现出同邪恶势力毫不妥协的崇高精神。他所以决心以死来保护孤儿，是为了让孤儿长大成人，报仇申冤，诛除奸恶。

程婴同公孙杵臼保孤救孤，面临着比韩厥更复杂的形势，经受着更大更尖锐的考验。屠岸贾为了捕杀带出府外的孤儿，竟下令要杀害全国所有半岁之下、一

① 王国维：《王国维戏曲论文集》，中国戏剧出版社，1984 年，第 85 页。

月之上的小儿。程婴和公孙杵臼不是简单地牺牲自己的生命就可以救孤保孤的。剧本写他们在危难前冷静沉着，表现出高度的智慧和自我牺牲的精神。首先，二人考虑问题的出发点只是如何才能保证实现救孤复仇的目的。程婴先提出宁愿牺牲自己和尚未满月的亲生儿子的生命来换取赵氏孤儿的安全，让公孙杵臼去担任抚养孤儿的任务。但公孙杵臼考虑到自己已经六十五岁，怕等不及孤儿长大成人去复仇，结果是程婴献出亲生儿子，公孙杵臼献出自己的生命。他们的自我牺牲精神不单单表现在将生死置之度外之上，而且还表现在他们千方百计坚定地要实现既定的目标，而且为此甘愿承受比死亡还要难于承受的肉体和精神的巨大痛苦上。在剧本中，程婴和公孙杵臼这两个人物，由于面对更复杂的形势，经受更严峻的考验，因而他们的精神境界得到了比历史记载更鲜明和更丰富的表现。他们都是为了正义的目的，能自觉地自我牺牲的人。公孙杵臼所唱的“见义不为非为勇”，“从来一诺似千金重”，是这两个救孤抚孤起主要作用的人物身上的最突出的特点。同时，也是剧本对在长期历史发展中广大人民在反压迫的正义斗争中所形成的精神品德的一种艺术概括。

赵氏孤儿得以保全并长大成人，终于复仇成功，靠的是众多义士的勇气、智慧和自我牺牲精神，靠的是这些并无组织的人激于义愤而起所进行的前仆后继的斗争。这个悲剧群体的共同悲剧意识，就是为正义而献身。正义感是《赵氏孤儿》全剧所要突出表现的内容，也是构成这部剧作悲剧美感的主要思想因素。众多悲剧人物强烈的正义感和自我牺牲精神，激起读者和观众产生一种崇高美和悲壮美的审美体验。《赵氏孤儿》的悲剧审美特征，表现为崇高美和悲壮美的统一。为正义而献身的英雄主义，构成整个悲剧美的基调。全剧充分地写出了斗争的残酷性、曲折性和艰苦性，但它同时又显示了正义必然战胜邪恶的希望和信心。剧本以其强大的伦理力量，使这部悲剧具有既撼动人心而又令人振奋的悲剧效果，其艺术风格是悲壮的，也是昂扬的。

关于《赵氏孤儿》是否反映了反元统治的民族意识问题，过去学术界曾经有过争论。

对此，我们很难确定纪君祥在创作这个剧本时，是否有直接反元统治的目的，但有一点是可以肯定的，即《赵氏孤儿》的艺术概括有着较丰厚的历史内容和现实内容，既包括剧作家所生活的元代，又不是一个元代所能包容的。

（三）尖锐紧张、惊心动魄的悲剧冲突

《赵氏孤儿》的成功，不仅来自它的思想，来自植根于历史土壤之中的伦理力量，而且还来自剧作者对戏剧冲突的高明的组织。

尖锐紧张、惊心动魄，是《赵氏孤儿》悲剧冲突给人的突出的感受。之所以能获得这样强烈的效果，主要有两方面的原因：一方面是剧作者对素材进行思想提炼，使戏剧冲突能表现生活的本质方面，突出显示生活中矛盾本身所具有的尖锐性；另一方面是作者在表现整个悲剧冲突时，经过精心的艺术构思，适应于特定题材和主题的需要，悲剧冲突的组织既表现出明显的阶段性，又表现出紧凑、连贯，间不容发和一气呵成的特色。

如前所述，由于剧本是取材于一个古老的历史故事，因此基本框架和故事的背景都没有完全脱离忠奸斗争，而且事实上剧本也还存在着封建伦理观念的一定影响。但从戏剧冲突的整体处理看，作者鲜明的善恶、是非观念却是大大地超出并压倒了从历史上承袭下来的忠奸斗争的观念。也就是说，作者在提炼历史提供给他的素材和在具体地组织悲剧冲突时，是从善良与邪恶、正义与非正义对立的思想高度出发的，而不是从对国君忠还是不忠出发的。事实上，作者对晋灵公虽然没有作正面描写，但这个人物在剧本中是以懦弱昏庸的面目出现的。他与屠岸贾即使说不上昏君与奸臣相济作恶，起码也是对奸臣的纵容和庇护。正如戏中所唱："正遇着不道的灵公，偏贼子加恩宠，着贤人受困穷。"以这样一个昏庸的国君及其表现来写忠奸斗争，并借以宣扬封建社会中视为最高道德规范的忠君思想，显然是没有力量的。毫无疑问，剧作者写这个悲剧故事另有他更重要的目的，这就是歌颂善良、正义，鞭挞邪恶、非正义。从戏剧冲突一开始，剧作者就显示出他的这一思想高度。

"楔子"提供了整部悲剧的背景，也是悲剧冲突的发端。这主要是通过屠岸贾上场后的大段独白来交代的。屠岸贾同赵氏矛盾产生的原因，据他说是由于"二人文武不和"。紧接着就叙述他三次想谋害赵盾而未曾得手，又在灵公面前进谗，终"将赵盾三百口满门良贱，诛尽杀绝"。与此同时，写了几位义士激于义愤对赵氏的同情和救助，这就揭示出戏剧冲突中屠岸贾的对立面是善良的、正义的，因而得到了广泛的同情和帮助。

这不仅一开始就鲜明地突现出善与恶的对立、正义与非正义的对立，调动起读者和观众的爱憎感情；同时还从矛盾冲突来龙去脉的交代中，显示出悲剧冲突的尖

锐和激烈，并暗示出冲突双方的不同阵势和力量的悬殊。奸恶之人得到国君的支持，有权有势，又极阴险，处于强大的主动的位置上；善良的人反以“不忠不孝”之名被诛，无权无势，处于一种弱小的被迫害的地位。剧本一开头呈现的这种复杂的难以预料的趋向，一方面紧紧地吸引住观众，同时也为后文悲剧冲突的展开作了必要的铺垫和准备。

“楔子”中写赵盾之子赵朔因为是驸马，被赐自杀，在自杀之前对公主留下了一段遗言：“你如今腹怀有孕，若是你添个女儿，更无话说，若是个小厮儿呵，我就腹中与他个小名，唤做赵氏孤儿。等他长立成人，与俺父母雪冤报仇也。”在【幺篇】中又这样唱道：“分付了腮边雨泪流，俺一句一回愁。待孩儿他年长后，要与俺这三百口，可兀的报冤仇！”这一段道白和唱词很重要，起到了确立悲剧冲突发展的方向和开拓悲剧冲突发展前景的作用。沿着剧作者的这一思路，从第一折开始，悲剧冲突就从“楔子”中所述的屠岸贾同赵氏家族的矛盾，转变为围绕救孤、保孤，屠岸贾同见义勇为、不怕牺牲的众义士之间的矛盾。就戏剧冲突的发展线索看，仍是屠、赵之间的矛盾，但作为剧本实际描写的悲剧冲突，却已经转化了，扩大了。这样写，既提高了悲剧的思想格调，也加强了悲剧冲突的尖锐性，使矛盾冲突的发展更加集中和紧凑。

作为全剧的背景和发端，“楔子”实际上对剧本的悲剧冲突鲜明地揭示出两个要点：一、这是一场善与恶的斗争，正义与非正义的斗争；二、这场斗争关系到一个家族的生死存亡，关系到恶人是否得到惩罚、正义是否得到伸张的问题。这两点正是作者对全剧悲剧冲突组织安排的基本指导思想，这使得剧本从一开始就紧紧地吸引着观众，并以其鲜明的爱憎倾向鼓舞观众，显示出悲剧冲突惊心动魄的性质。

第一折主要写公主向程婴托孤和韩厥放孤自刎。这是救孤、保孤斗争的第一个回合，也是悲剧冲突发展的第一阶段。屠岸贾得知公主将要分娩，就差人去打听，想要斩草除根。当他得知公主生了赵氏孤儿以后，却没有马上下手，想“等一月满足，杀这小厮也不为迟”。屠岸贾这样想，说明他对杀死孤儿有十分的把握，这既表现出他的骄横，也表现出他的愚蠢。他的愚蠢就在于他根本看不到“得道多助”的常理会使孤儿不孤，被迫害的弱小者会得到许多人的无私帮助。程婴是在十分危险的形势下，接受公主救孤的请托的。公主在托孤后自缢而死。过去的一些改编本将这一情节改为让公主活下来，最后母子团圆。这样处理虽然可以给观众一点点宽慰，但却并不符合原作者的艺术构思。纪君祥让公主自缢而死，不单是为了适应于要解除程婴思想顾虑这样规定的戏剧情境，更重要的是要让出戏来，给那些非赵姓的为正义而献身的众义士。让孤儿真正成为无父无母毫无依恃的孤儿，众义士的努力才更能显出其重要性、艰巨性和难能可贵。

程婴带孤儿出府门的过程，也写得曲折而富于戏剧性，令人惊心动魄。韩厥对程婴一句紧一句的详细盘问就使人捏着一把汗，但更叫人感到紧张的是韩厥对程婴三次放行又三次叫回，终于看破藏匿孤儿的事实。在韩厥表示他是个“顶天立地的男儿”，不肯做献婴求荣的勾当以后，观众才算松了一口气。接下去又写程婴对韩厥心存疑虑，直到韩厥自刎以明信义，程婴才放心地将孤儿带走。跌宕起伏的戏剧情节，围绕着孤儿的安危展开，令观众始终非常紧张。

孤儿被带出府门，有了得救的希望，戏剧冲突稍见缓和。但这时凶残奸诈的屠岸贾又假传灵公之命，要搜杀天下所有一月之上、半岁之下的小儿，这就使救孤立孤的人面临更加复杂艰险的形势，情节的发展立刻又紧张起来。第二、三折，戏剧情节在尖锐的矛盾冲突中发展到高潮，是救孤立孤斗争的第二个回合。屠岸贾在全国搜捕诛杀婴儿的情节，扩大了悲剧冲突的社会内容，提高了人物行动和整个剧本的思想境界。公孙杵臼和程婴不惜牺牲自己的生命和亲生儿子来救孤立孤，其意义不仅仅是为一个受害的家族复仇，而是为了保护全国无数无辜婴儿的生命。这就使得悲剧冲突更加引人关注，也更加激动人心。

第二折程婴找公孙杵臼定计，还不是同屠岸贾面对面的冲突，但由于情势的危险和紧迫，整个定计的过程也充满紧张的气氛。程婴带着孤儿一上场，就道：“程婴，你好慌也；小舍人，你好险也；屠岸贾，你好狠也。”戏剧情节就在这“慌”“险”“狠”三个字中演进，令人十分担忧。在这种情势下，公孙杵臼决定献出自己的生命，程婴决定献出自己的亲生儿子，以此来救出赵氏孤儿。虽然程婴对公孙杵臼十分信任，虽然两人有着共同的对黑暗政治的不满和对权奸的憎恨，又具有相同的见义勇为、舍己救人的高贵品质，但是情势实在太危急，考验实在太严峻，因而在商定计策以后，程婴仍然不十分放心，还两次三番叮嘱公孙杵臼：“老宰辅既应承了，休要失信。”“老宰辅，你若存的赵氏孤儿，当名标青史，万古留芳。”“老宰辅还有一件：若是屠岸贾拿住老宰辅，你怎熬的这三推六问，少不得指攀我程婴下来。俺父子两个死是分内，只可惜赵氏孤儿，终归一死，可不把你老宰辅干累了也？”屠岸贾的阴险凶狠不能不使程婴充分地估计到斗争前景的残酷和艰巨，让自己和合作者都有充分的心理准备。人物心理上的这种波澜起伏，正是客观情势的真实反映。这样，虽然第二折还是第二个回合的准备阶段，戏剧冲突尚未正面展开，但戏剧情节仍然使观众感到惊心动魄，而且不能不产生一个巨大的悬念：两人是否真能战胜凶残狡诈的对手？赵氏孤儿是否真能得救？

第三折写斗争双方正面交锋，矛盾冲突达到白热化的程度，戏剧情节也发展到高潮。从程婴去出首告发起，情节就险象环生。屠岸贾不是一听有人告发孤儿所在就十分高兴地信以为真，而是半信半疑，详加盘问。第一个问题是问程婴怎么知道赵氏孤儿在公孙杵臼家，程婴沉着冷静地作了合情合理的回答。然而，非但没有取得屠岸贾的信任，反而遭到他的怀疑和斥责。紧接着，屠岸贾又提出第二个问题："咄！你这匹夫，你怎瞒的过我？你和公孙杵臼往日无仇，近日无冤，你因何告他藏着赵氏孤儿？""你敢是知情么，说的是万事全休，说的不是，令人，磨的剑快，先杀了这个匹夫者。"这一问，充分表现了屠岸贾的阴险狡猾，陡然掀起惊涛骇浪，使观众十分紧张。待程婴从容地说一是为救全国小儿之命，二是为保护自己未满月的婴儿不死后，屠岸贾才露出笑容。这算闯过了第一道险关。但到此程婴并未真正取得屠岸贾的信任，接下去到太平庄搜孤，戏剧冲突就更加惊心动魄了。

公孙杵臼对屠岸贾对他的严厉逼问和残酷拷打，事先是有充分思想准备的。屠岸贾杀气腾腾而来，公孙杵臼沉着镇定以待。但是，他们却未想到屠岸贾竟来了最阴险毒辣的一手，突然下令让程婴对公孙杵臼行杖。他这样做，一方面是为了考验程婴是否与公孙杵臼同谋，同时又逼迫公孙杵臼招认。此时，严峻的考验猝不及防地摆在两个人的面前，剧情将如何发展，前景不明，观众心中无数。程婴不敢不打，可打又感到十分难过，故而先拣细棍子，经屠岸贾喝问是否怕用大棍打疼了他招出自己来时，又选了大棍来打，却又被呵斥是想打死了他好做个"死无招对"。这真叫他"两下做人难"了。最后，只好拣了中等棍子用劲打。屠岸贾故意两次告诉公孙杵臼是程婴在打他，以促使他在经受不住的情况下攀招出程婴来。由于屠岸贾的奸计，在公孙杵臼被"打的来痛杀杀精皮掉"的情况下，竟在神志不清中冒出了这么一句："俺二人商议要救这小儿曹。"话一出口，马上就被屠岸贾抓住追问："可知指攀下来也。你说二人，一个是你了，那一个是谁？你实说将出来，我饶你的性命。"公孙杵臼回答："我说我说。"这时，情势十分惊险，观众紧张到了极点。在这关键时刻，公孙杵臼终于识破屠岸贾的奸计，镇定下来，"一句话来到我舌尖上却咽了"。形势随即化险为夷，程婴终于闯过了第二道险关。

孤儿被搜出，使程婴有可能被指攀出来的紧张气氛进一步缓和下来。然而，戏剧冲突的发展一波未平一波又起，程婴在经历了巨大的惊惧之后，又面临着亲生儿子当面被杀的严峻考验。当屠岸贾奸笑着说“将那小的拿近前来，我亲自下手，剁做三段”时，戏剧冲突使观众刚刚放下的一颗心又高悬起来。剧本两处点出“程婴做惊疼科”“程婴掩泪科”，写他虽然经受了巨大的痛苦，终于没有让自己失控。屠岸贾道：“把这一个小业种剁了三剑，兀的不称了我平生所愿也。”得意之中，竟未觉察出程婴感情的细微变化。接着，公孙杵臼撞阶而死，使屠岸贾更加坚信是真的杀了赵氏孤儿，因而也就真正相信了程婴。“程婴，这一桩里多亏了你。若不是你呵，如何杀的赵氏孤儿。”到此，戏剧冲突才真正趋于平缓，观众也长长地舒了一口气。

高潮部分的戏剧冲突如此惊心动魄，并非剧作者故作惊人之笔，而是剧作者从生活出发，从对人物性格、人物关系的准确把握中来组织安排情节所取得的艺术效果。因此，戏剧冲突张弛缓急，都符合生活的逻辑，符合特定的戏剧情境。

第四、五折写矛盾的解决。就戏剧冲突的组织来说，有两点值得注意：其一，戏剧冲突的形式有了大的变化，由表面化的尖锐激烈转变为潜在的酝酿和发展。剧作者安排孤儿被屠岸贾收为义子，在屠府中长大成人，这一构思十分巧妙，处理得也很自然。在程婴取得了屠岸贾的真正信任之后，这种出人意料的安排，就显得合情合理，令人信服。这一安排的巧妙和高明之处在于：使孤儿在最危险同时也是最安全的环境中生活。孤儿同屠岸贾因为彼此都不知真情，不仅相安无事，而且和睦亲热，形如一家。剧本一跳二十年，这二十年并不轻松。在观众的心目中，仍能感受到矛盾冲突的存在和发展，并且总在期待着矛盾冲突的总爆发和最后解决。因此，第四、五折虽然没有直接写双方的矛盾，但戏剧冲突实际上没有中断。其二，程婴在戏剧冲突的发展和最后解决中仍然起着主导作用。这主要表现在三个方面：一是借他之口简略地交代孤儿在屠府中二十年生活的概况，“我跟前习文，屠岸贾跟前习武”。二是写他“踌躇辗转，昼夜无眠”，终于想出将屠、赵两家冤仇和孤儿的悲惨身世绘为画卷向孤儿展示的办法，表现出他抚孤复仇、不负众托的一片苦心。三是通过程婴的大段说白，告知孤儿的身世和血海深仇，为矛盾的解决、大报仇结局的到来准备成熟的条件。程婴是剧本实际上的主角，却没有唱，纯用说白来表现，这大段独白的运用，是剧作者独特的艺术创造。他将前三折的情节重新叙出，已知剧情的观众并不觉得重复，因为他不是简单的重复，而是有主有次，有轻有重，有烘染，有补充。观众在重温那段惊心动魄的戏剧冲突时，再次体验了内心早已积聚起来的憎恨和义愤，从而加强了对孤儿大报仇的迫切期待。程婴这段有散有韵，有波澜、有跌宕的独白，所引起的程勃（即孤儿）思想感情的剧烈变化，推动了戏剧冲突的发展。在这之后，写出赵氏孤儿大报仇的结局，正符合观众期盼复仇的心理。正如孟称舜所评："极紧极合拍，此篇叙述可做一篇《史记》读。"[①] 这段独白确实精彩，实在不可当等闲文字读过。

（四）主次分明、虚实相映的人物描写

《赵氏孤儿》的悲剧冲突虽然尖锐激烈、惊心动魄，但是冲突双方的人物，在数量上的对比却是相当悬殊的。反面人物主要一个就是屠岸贾，而站在他对面的却是一群人。这种正反面人物的配置，对剧作者来说并不是随随便便的。这一方面是反映了历史的真实。在中国古代，皇帝有至高无上的地位和权力，他一旦宠信和任用奸佞小人，这个人就能凭恃皇帝的威势，肆无忌惮，无恶不作。晋灵公是春秋时期一个诸侯国的国君，他同屠岸贾的关系，与长期封建社会中昏君和奸臣的关系相同，是很有典型意义的。屠岸贾凭借昏君晋灵公对他的宠信，就可以残酷地诛杀赵氏一家，甚至可以假传灵公的命令搜杀全国孤儿。历史本身既确定了屠岸贾作为一个既可恨又可怕的权奸典型，同时也确定了这场冲突的悲剧性质。

另一方面，这种人物的配置也反映了正义的力量总是能得到人们广泛的支持和同情。值得注意的是，作者并没有让正面人物同时上场，而是分批或一个一个地上场，他们与屠岸贾的斗争，如同体育比赛中的接力赛一样，每个正面人物都在一定的阶段发挥着他人不可取代的作用。如此前后贯穿起来，就形成了一个与邪恶势力相对立的完整的不可低估的阵势。

剧本的人物描写，从整体上看，是以正面人物为主，反面人物仅占次要的地位。在具体手法的运用上，正面人物写得比较实，反面人物写得比较虚。这就形成了一种主次分明、虚实相映的鲜明特色。除了个别的场次，作者几乎将所有的重头戏都让给了正面人物，这样一种艺术处理，在《赵氏孤儿》中是极其特殊的：如果不考虑有可能是明人续加的第五折，就元刊本的开头一个"楔子"加上四折来看，这五场戏的开头都是由屠岸贾先登场；但除了第三折描写悲剧冲突双方短兵相接的

① 王季思主编：《中国十大古典悲剧集》，上海文艺出版社，1982 年，第 96 页。

斗争，对屠岸贾有较多直接和具体的描写外，其他各场戏屠岸贾都只接近于一个过场人物的角色，主要是通过他的道白为戏剧冲突的形成和发展设置对立面或提供背景。例如作为全剧序幕的“楔子”，屠岸贾上场就是一大段独白，简要地介绍了这场尖锐斗争的来龙去脉，为全剧悲剧冲突的开展提供了背景。接着，写赵朔自杀以前对公主的遗嘱，使矛盾斗争集中到孤儿上，为以后悲剧冲突的发展铺平了道路。第一折，屠岸贾一上场就道出他企图搜杀孤儿，以便斩草除根的歹心，并交代了派下将军韩厥把守府门的安排。而整场戏写的，则主要是在这一背景下，公主向程婴托孤以及程婴冒险带孤儿出门，以及韩厥放走程婴和孤儿后自杀等情景，集中地刻画了程婴和韩厥这两个正面人物，尤其是韩厥那种不贪图富贵荣华、舍生取义的崇高品质，在尖锐的戏剧冲突中大放光彩。第二折也是由屠岸贾先上场，以道白交代他在得知韩厥放走孤儿后，心生毒计，假传灵公之命要搜杀全国婴儿。然后以此为背景，剧本集中主要笔墨写公孙杵臼和程婴定计保孤、救孤，表现二人对黑暗政治和权奸的强烈憎恨，以及他们为了救孤，一个舍命、一个舍子的自我牺牲精神。唯有第三折是个例外，在正面的戏剧冲突中对屠岸贾这个人物作了比较具体的描写，赋予他较多的戏剧动作。通过尖锐激烈的短兵相接，深刻地刻画了他阴险狡诈、凶残狠毒的性格特征。这一折的开头，也是由他登场独白才引出程婴，展开戏剧冲突的。第四折同样是以屠岸贾登场独白开始，交代孤儿在他府中长大成人，并学成十八般武艺，还想凭借孤儿的威力，要定计“弑了灵公，夺了晋国”。但整折戏的主要内容却不是写屠岸贾，而是写程婴和孤儿程勃，表现他们对权奸的憎恨和复仇的决心。不过，尽管从全剧来看，主要笔墨是用在正面人物身上，但反面人物却是贯穿首尾，并在戏剧冲突中处于一种主导的地位。加上重点描写和泛写相配合，虚写与实写相映衬，整个形象还是十分鲜明和丰满的。屠岸贾的阴险和凶残，都给观众留下了极深刻的印象。

对众多正面人物的描写，同样是有主有次，有虚有实，处理得恰到好处。对钼麑、提弥明和灵辄三位义士是采用虚写、略写的方法，他们的事迹和思想，主要是通过屠岸贾在“楔子”中的道白来表现的。但作为体现正义力量前仆后继斗争不可分割的一个组成部分，作者对这几个人物是很重视的，在以后的情节发展中，通过人物之口几次重复、补充，起到一种强调和加深印象的作用。在第一折，程婴向韩厥讲述矛盾斗争原委以激发他的正义感时，提到“驾车轮灵辄报恩”；在韩厥决心自杀以明诚信时，也唱出“便留不得香名万古闻，也好伴钼麑共做忠魂”。精神品格上的相通和承袭，正体现出前仆后继斗争所应有的一种连贯性。在第四折程婴向孤儿述说旧日冤仇时，又将钼麑触槐而死的情景重新描述一遍，并补叙出自杀的缘由在于不肯逆天行事、杀害忠良，突出了人物为正义而献身的品质。对提弥明用诗句表示赞美："殿前自有英雄汉，早将毒手劈神獒。"突出他嫉恶如仇、见义勇为的英雄本色。对灵辄救护赵盾，"楔子"中屠岸贾所述比较简略，第四折复述时作了许多补充，从具体的描写中见出灵辄救赵盾时不避艰险、不辞辛劳的精神。"旁边转过壮士，一臂扶轮，一手策马；磨衣见皮，磨皮见肉，磨肉见筋，磨筋见骨，磨骨见髓，捧毂推轮，逃往野外。"因此，这三个人物虽然作为虚写处理，只从剧中人物口中道出，并未出场，但由于前后照应，有意重复、点染，人物的形象还是很鲜明的，表现出同其他正面人物一样十分感人的凛然正气。

对赵朔和公主这两个人物，虽然只是在"楔子"和第一折中一闪而过，写得很简略，但却是采用实写的手法来处理的。这不仅因为他们的遗嘱和托孤是后面整个戏剧情节发展的依据，而且更重要的是在他们身上体现出一种复仇的决心和意志（在赵朔是死而不忘复仇，在公主是为了保存孤儿不惜牺牲自己的生命）。这种决心和意志既贯穿和体现在几位救孤立孤义士的斗争中，更延续和发扬于孤儿大报仇的结局中。

在正面人物中，作为重点加以详写、实写的是三个人物：韩厥、公孙杵臼和程婴。尤其是程婴，是贯穿全剧的人物，在悲剧冲突的发展中始终起着重要的作用，将不同阶段上众义士的斗争贯穿成一个整体。剧本对这三个人物的刻画，有两个共同的特点：一是注意揭示人物行动的思想基础，即不仅写出他们怎样行动，而且写出了他们为什么要这样行动。韩厥本是屠岸贾派去守门的一位将军，他放走程婴和孤儿，是有悖主命，是对屠岸贾的一种背叛。他之所以能果断勇敢地决定放走婴儿，固然同程婴晓以大义有关，但更重要的是剧本写出了他自身是非爱憎分明的思想基础。一上场就以自白的方式表现他对损坏忠良的邪恶势力的不满，接着连用四支曲子来表现他对朝廷中忠奸斗争的清醒认识，揭示了他对被迫害的赵氏的深切同情，对凶狠肆虐的屠岸贾的强烈憎恨。正是这种是非分明的态度决定了他舍身救孤的壮烈行动。

对公孙杵臼的描写也是这样，一上场就通过道白交代他是因看不惯屠岸贾的专权才罢职归农的，这就初步点出他痛恨权奸的思想基础。紧接着，又以两支曲子唱出他对昏君无道、奸佞得宠、朝政黑暗的强烈不满，在这种条件下才写程婴带孤儿到他庄上去商议如何救孤。这样，他视死如归，甘愿献出自己的生命来保护孤儿，就是完全合乎逻辑的了。

对程婴这个人物的写法稍有不同。不是在他行动之前先通过道白揭示出他的思想基础，而是在他行动过程中，特别是在他同韩厥和公孙杵臼的关系中，通过他说服二人共同救孤，逐步地、一层比一层深入地揭示出他的思想认识和爱憎感情的。除了他与赵氏一家的特殊关系（出于赵氏门下，受到赵朔的优待）以外，主要就是不断揭示他的是非善恶观念以及在这基础上产生的对被迫害者的深切同情。“天也，可怜见赵家三百余口，诛尽杀绝，止有一点点孩儿。”他决心冒死去救孤儿，最初就是出于对赵氏的这种同情。在他对韩厥陈述大义的过程中，剧本再一次加深对他思想基础的描写，他称赵盾为“晋室贤臣”，称屠岸贾为“扑害忠良”的“屠贼”。在描写他同公孙杵臼共同设计救孤的过程中，又进一步写出他更高的思想境界。除了他们对专权的贼臣屠岸贾共同的憎恨之外，他冒死舍子救孤，还因为要救“普国小儿之命”。这一笔很重要，使人物的义行突破了狭隘的报恩思想和忠奸斗争的范围，表现出为正义而献身，具有比报私仇更高远的眼光和更博大的胸怀。这样，程婴舍子救孤的行动，就不仅是可以理解的，而且还闪射出动人的光彩。

另一个特点是，在尖锐的矛盾冲突中刻画人物，深入写出人物的内心活动，甚至不回避写出他们在严峻的斗争考验面前那种瞬间的犹豫、动摇和内心的极度痛苦。公主向程婴托孤时，剧本明确写出是在屠岸贾“四城门张挂榜文，但有掩藏孤儿的，全家处斩，九族不留”的条件下提出的。因此，接受这一任务不仅可能牺牲自己的生命，而且可能有灭九族的危险。剧本写程婴并不是一开始就毫无顾忌地接受这一任务的，而是这样回答公主：“我怎么掩藏的他出去？”在公主对他下跪哀求，并以“遇急思亲戚，临危托故人”来打动他时，他才表示出接受任务的意向。但仍心存疑惧，于是又向公主说：“假若是我掩藏小舍人去，屠岸贾得知，问你要赵氏孤儿，你说道，我与了程婴也。俺一家儿便死了也罢，这小舍人休想是活的。”待公主自缢以明志，他才消除了内心的疑惧，最后下定决心，将婴儿果断地放入药箱。人物内心的这种犹豫和疑惧，是由当时的客观情势决定的。这样写，不仅没有损害人物形象，反而显得更真实、更合乎情理，更能突出人物的自我牺牲精神。

程婴虽然是抱着牺牲生命的决心接受任务的，但在救孤过程中，剧本一方面写他勇敢无畏、从容镇静，但同时又不止一次地写他在特定的惊险场面下内心的惊惶和痛苦。比如，程婴带婴儿出府门时，韩厥三次放行，又三次将他叫回，反复盘问他药箱中所装何物，程婴都能镇定回答，神色不变；但当韩厥打开药箱真的搜出孤儿来时，剧本明确地写出“程婴做慌、跪伏科”，只此一句便揭示出他内心的惊慌和害怕。但惊慌之后，程婴很快就稳定了情绪，道出一大段有韵的说辞，对韩厥动之以情，晓之以理。在戏剧冲突紧张而又曲折的发展中，对人物的内心感情变化作这样轻淡的然而又是有意的点染，不仅使情节紧张，烘托出悲剧的气氛，而且能更真实地表现出人物大义凛然的精神风貌。如果在任何情境之下，人物都能毫不紧张，不动声色，观众对他的从容镇静、勇敢无畏反倒不那么容易接受了。这一特点，在第三折太平庄搜孤救孤中，表现得尤为突出。公孙杵臼承受的主要是肉体上的痛苦，而程婴所承受的则主要是精神上的痛苦，这两种痛苦在规定的戏剧情境中都是非比寻常的。尽管公孙杵臼对屠岸贾的凶残狠毒有充分的认识和思想准备，但当考验真的到来时，他没有想到奸诈的屠岸贾会让程婴来行杖，而程婴为了不泄露真情又不得不用力地狠打。这时，剧本用了三支曲子来揭示公孙杵臼的内心活动：

【雁儿落】是那一个实丕丕将着粗棍敲，打的来痛杀杀精皮掉。我和你狠程婴有甚的仇？却教我老公孙受这般虐！

【得胜令】打的我无缝可能逃，有口屈成招，莫不是那孤儿他知道，故意的把咱家指定了？我委实的难熬，尚兀自强着牙根儿闹；暗地里偷瞧，只见他早唬的腿挺儿摇。

【水仙子】俺二人商议要救这小儿曹。哎，一句话来到我舌尖上却咽了。我怎生把你程婴道，似这般有上梢无下梢。只被你打的来不知一个颠倒。遮莫便打的我皮都绽，肉尽销，休想我有半字儿攀着。

这里唱出的内容有真有假、有实有虚，既复杂又矛盾。一方面写公孙杵臼骂程婴狠心，写他暗示程婴知道孤儿的下落，是故意唱给屠岸贾听的，以迷惑敌人，消除他对程婴的怀疑；另一方面，难熬的疼痛也确实使他神志颠倒，差一点儿就指攀出同程婴二人商议救孤的机密来。所以，才有“一句话来到我舌尖上却咽了”的话。这种在酷刑造成的巨大痛苦条件下叫疼，甚至难于忍受而神志迷惑，几乎吐露真情的情景，看似动摇，实际上是非常真实地表现了人物在严酷斗争环境中特定的心理状态。而当他看到程婴吓得惊慌、变色、发抖的关键时刻，却马上镇定下来，暗示程婴他决不做“有上梢无下梢”的事。这就使我们想起第二折中二人定计时，公孙杵臼向程婴表示的“从来一诺千金重”“断不做有始无终”的保证来。

对程婴经受的痛苦和考验，剧本也写得很具体，很充分。在某种意义上，他经受的痛苦和考验比公孙杵臼经受的还要严峻。首先，是要亲自举起棍子去打自己所尊重和敬爱的人，轻打容易露出马脚，重打又不忍心。但为了蒙骗过屠岸贾，为了斗争的最后胜利，终于不动声色地下棍重打。当公孙杵臼呼叫“程婴，你划的打我那”时，观众是非常真切地感受到程婴此时内心的巨大痛苦的。其次，是担心公孙杵臼经受不住肉体上的疼痛和煎熬，将他攀指出来。剧本通过对演员动作的说明，以及公孙杵臼的唱词和道白，几次写到程婴的惊慌和害怕。当公孙意外地道出“俺二人商议要救这小儿曹”时，屠岸贾敏锐地抓住逼问：“程婴，这桩事敢有你么？”程婴此时真是紧张到了极点，生怕他那句来到舌尖却被咽下的话又突然蹦出来，所以迅疾堵住公孙杵臼的口：“兀那老头儿，你休妄指平人！”这时，公孙杵臼又插进一句：“程婴，你慌怎么？”这样经过几番穿插点染，就将程婴当时紧张而又惊惧的精神状态描绘得栩栩如生。第三重考验，是屠岸贾当着他的面，将他冒充赵氏孤儿的亲生儿子挥剑剁为三段。如果此时程婴不能自禁，失声痛哭，那秘密可能当时就泄露出来。他既不能神色丝毫不变（那样他就有违作为一个父亲的常情，人物也就不真实了），也不能放纵自己的感情而使救孤大计毁于一旦。在这里，剧作者对程婴心理的描写是十分准确的，他给人物的规定动作是：“程婴做惊疼科”，“程婴掩泪科”。同时又借公孙杵臼的眼中口中道出：“见程婴心似热油浇，泪珠儿不敢对人抛，背地里揾了，没来由割舍的亲生骨肉吃三刀。”程婴没有说一句话，但人物内心复杂的思想感情却被揭示得非常充分。接连三重考验，程婴终于从紧张和痛苦中挺了过来，他那种勇敢无畏和崇高的自我牺牲精神，得到了十分真实而又生动的表现。

综观全剧，《赵氏孤儿》的人物描写，在正面人物同反面人物的关系中，以正面人物为主，重场戏都留给他们；但也不忽视反面人物，在尖锐的戏剧冲突中，也十分成功地写出了屠岸贾的性格特色。对正面人物是着重写群体，写互相配合的集体斗争，以体现斗争的残酷性、艰苦性，以及为正义事业前仆后继的斗争精神。对重点描写的三个重要人物，都是将他们放到尖锐激烈的矛盾冲突中，充分地展示他们的性格特色和精神风貌；对其他几个次要人物，则采用虚写的手法，通过人物之口转述。这种艺术处理，又是由正义与邪恶的斗争，正义力量必将取得最后胜利的“大报仇”的主题思想决定的。在整个戏剧冲突中，反面人物虽然占据主动地位，横肆暴虐，气势汹汹，但从人物的配置、虚实的处理以及人物精神力量的展示看，都给予观众以一种正义必定战胜邪恶的总体艺术感受。

（五）关于大报仇的结局及其他

《赵氏孤儿》有两种传本，一种是元刊本，仅有四折，在程婴向孤儿讲述了真情，孤儿下决心报仇雪恨后全剧即告结束；另一种是明刊《元曲选》本，除说白唱词存在一些异文外，最大的不同是增加了一个简短的第五折，具体地写出孤儿程勃由晋悼公下命，在上卿魏绛的支持下，亲自擒拿了屠岸贾，实现了大报仇的愿望。论者多以为第五折是赘疣，是画蛇添足。其实仔细分析，明刊本的第五折是有得有失，不可全盘否定的。

诚然，剧本在第四折中，写程勃在了解同屠岸贾的血海深仇后，以大段唱词唱出他心中的仇恨和强烈的复仇愿望，若到此为止，戏剧结构也不能说不完整，但戏剧矛盾并未真正解决。因为在前面几折中，已充分写出了屠岸贾的阴险凶狠，而且他此时仍大权在握，野心勃勃。程勃是否能实现报仇的愿望，观众心里实在没有太大的把握。然而，观众在经历了大悲痛和大震撼的感情体验之后，强烈的爱憎和正义感被激发起来，他们希望看到的是一个真正实现了的大报仇的结局，而不仅仅是一种愿望和决心。因此，看似“蛇足”的五折本为观众所认可，并且广泛流传（今人选本亦多采用五折本），并未为更接近于原作的元刊四折本所代替，并不是没有道理的。

这首先跟剧本的主题和戏剧情节的逻辑发展分不开。剧本对代表正义力量的正面人物的崇高品质和舍己为人、舍生取义的牺牲精神，作了热情的肯定和歌颂，使观众从戏剧冲突的发展中切切实实地感受到，他们身上所表现出的崇高品质和斗争精神，不仅是十分宝贵的，而且是不可战胜的。邪恶力量尽管十分凶险和巨大，但必将被正义力量所战胜，这正是剧本所要揭示的重要思想。希望看到最后的胜利成为现实，恰好证明观众已经接受了剧本的这一思想。因此，第五折中具体写出孤儿活捉屠岸贾，并处以酷刑，无论从感情上还是从审美上都能使观众感到满足。这与有的悲剧人为地加上一个大团圆的结局是不同的。

其次，从戏剧冲突的发展来看，大报仇结局的实现，也是完全合乎逻辑的。从赵朔留遗嘱、公主向程婴托孤开始，戏剧冲突就紧紧围绕着救孤这一中心线索展开。

在观众的心中，这一点非常明确：如果孤儿被保存下来，赵氏的冤仇就有可能得到昭雪；否则，斩草除根、灭门绝户，报仇就根本没有指望了。经过众多义士艰苦卓绝的斗争，而且以巨大的牺牲作为代价，终于将孤儿保存下来，抚育成人，而且获得了报仇的本领和条件，大报仇愿望的实现便成了顺理成章、水到渠成的事情。因而，悲剧的这一结局并不是外加的，而是由戏剧矛盾的逻辑发展本身所决定的。

第三，从中国观众在长期历史发展中形成的传统欣赏心理来看，实际地写出大报仇的结局也是相宜的。中国人欣赏悲剧，总有一种善有善报、恶有恶报的心理。从表面上看，似乎是一种因果报应的落后思想，骨子里却包含着一种非常宝贵的正义必胜、邪恶必败的生活信念。这种心理和信念，同这部悲剧所着力表现的正义感的巨大力量，是完全合拍的。因此，第五折的艺术处理，符合中国观众传统的欣赏心理和感情上的需要。看完全剧走出剧场，观众们在感情上经历了大激动、大悲痛之后，能在欣慰中归于平静。

由此看来，第五折写孤儿大报仇的实现，既符合剧本的主题思想，又是戏剧矛盾冲突逻辑发展的自然结果，同时又满足了观众艺术欣赏感情和心理上的需要，因而不能轻率地判为蛇足而加以否定。这是大报仇结局的得的一面。

失的一面是，加强了剧本中本来就存在的忠奸斗争的观念，而这对剧本积极的主题思想是有一定程度冲淡的。第五折开头由魏绛上场，传主公（国君）之命，着程勃捉获屠岸贾，并念诗云："忠臣受屠戮，沉冤二十年，今朝取奸贼，方知冤报冤。"强调了忠奸斗争，并将整个复仇行动置于国君威力范围之内，由国君传命，报仇后又由国君复姓孤儿赐名赵武，袭其父祖爵位。对保孤救孤的众义士韩厥、程婴、公孙杵臼等人各有封赏，整个悲剧在颂扬"主德无疆"中结束。这样就过分强调了国君的作用，宣扬了忠君思想。诚然，屠岸贾能大施威虐，残害忠良，同昏君晋灵公对他的宠幸分不开。而在当时的历史条件下，孤儿要复仇，要能战胜权奸，离开国君的支持也是很难想象的。尽管如此，在艺术处理上也还是有一个分寸问题，作者过分地强调了这一方面，以致冲淡了为正义而斗争的积极主题，确也反映了他思想中的落后面。其实，这一点不单在第五折中有表现，在前四折中也是有表现的。因此，不论第五折的作者是谁，单就其中表现的消极思想来看，在全剧中都是可以找到内在依据的。在"楔子"中，虽然开始说赵盾同屠岸贾的矛盾是"文武不和"，词意模糊，似乎只是一场意气之争。但接下去赵朔唱的一首【仙吕·赏花时】，就明确地点出这场斗争的性质："枉了我报主的忠良一旦休！只他那蠹国的奸臣权在手。”以后，在韩厥的唱词中又一次肯定了这一点：“忠孝的在市曹斩首，奸佞的在帅府内安身。”公孙杵臼上场后所唱的三支曲子【南吕·一枝花】、【梁州第七】、【隔尾】，虽然着重表现的是人物对朝政黑暗的认识和在此基础上产生的嫉恶如仇的思想感情，但忠奸斗争的观念却也是贯穿其中的。第三折里公孙杵臼对屠岸贾面对面的愤怒斥责，也是揭露他“当日演神獒，把忠臣来扑咬”。虽然就全剧来说，忠奸斗争还只是一种背景和框架，并未作为占主导地位的中心思想来表现，但多处将忠同正义、善良，将奸同非正义、邪恶联系或纠缠在一起，就不能不在一定程度上影响剧本达到更高的思想境界。

与此相联系的，是剧中还表现了狭隘的报恩思想。“楔子”中所述的那个灵辄，就是为报一饭之恩才救助赵盾的。在重要人物程婴的身上也存这种思想的影响。剧本一方面说他是个“草泽医生”，同时又多次强调他是赵朔门下之人，只因“家属上无他的名字”，才幸免于诛杀。他同赵朔的关系是“蒙他十分优待，与常人不同”，这就使人感到他冒死救孤还有“知恩报恩”的一面。虽然知恩报恩也是一种美德，但与出于正义而舍己救人比较起来，在思想境界上毕竟有高低之分。不过，无论是忠奸斗争的观念，还是报恩思想，都没有成为剧本的主要思想倾向，主要思想倾向是表现正义与非正义、善良与邪恶之间的斗争，以及在这种斗争中表现出来的中华民族那种勇气、智慧和舍己为人的牺牲精神等崇高品质。

长生殿

（一）作者洪昇的生平和思想

清代康熙年间，在我国戏剧史上产生了两部杰出的悲剧作品，这就是洪昇的《长生殿》和孔尚任的《桃花扇》。两部作品都在当时产生了强烈的反响，被称为清代剧坛上的双璧。有人曾记当时的盛况云："今日勾栏部以《桃花扇》与《长生殿》并行，罕有不习洪、孔两家之传奇者，三十余年矣。"[①]两位作者因此并称为"南洪北孔"。

洪昇（1645—1704），字昉思，号稗畦，又号稗村、南屏樵者，钱塘（今浙江杭州）人。他出身于一个生活优裕的仕宦家庭，有"累叶清华"之称。家中藏书很多，被称为"学海"。他少富才情，加上刻苦学习，十五岁即能作诗，并跻身于作者之林，先后从学于著名学者陆繁弨、毛先舒、朱之京等人。在这些人的影响下，他很早就喜欢戏曲，文学上也相当全面，诗、词、曲兼擅。尤其是诗，青年时期在京师即很有名。康熙七年（1668）二十四岁时，他为了求取功名，赴北京国子监肄业。次年秋天，未得官职，失意而归。归家后，经历了一次"家难"，大约是受到别人的离间而不见容于父母，从此不只心情抑郁，生活也陷于贫苦。为了谋生，他于康熙十二年（1673）冬离家流寓北京，直到康熙二十八年（1689）被革去国子监生籍。十几年间他仍未能谋得一官半职，政治上失意，生活上也极困难，常常不得不卖文为生。

康熙二十七年（1688）春，洪昇的传奇剧本《长生殿》为他赢得了很高的声誉。

---

① （清）金埴:《不下带编·杂缀兼诗话》卷二。

“一时朱门绮席，酒社歌楼，非此曲不奏，缠头为之增价。”[①]但因此也招来了灾祸。康熙二十八年八月，洪昇招伶人演出《长生殿》，不少名流皆醵金往观。因值孝懿皇后佟氏病逝，犹未除服，便以“国丧”期演戏的罪名受到弹劾。结果洪昇受到革去国子监籍的处分，观看演出的好友和演员都受到了革职的处分。时人有“可怜一夜《长生殿》，断送功名到白头”[②]之叹。这次演《长生殿》之祸，除了剧本在政治上有违碍之处引起统治者的不满以外，还和当时朝廷内南党北党的矛盾斗争有关。南党多汉族官僚，以刑部尚书徐乾学为首；北党多满族官僚，以相国明珠为首。洪昇与南党关系较密切，故为北党借机构陷。由于康熙宽宥，剧本未被查禁，此后还得以刊刻和上演。康熙乙亥（三十四年）《长生殿》付刻，洪昇请他的朋友毛奇龄作序，毛奇龄回答说：“予敢序哉！虽然，在圣明（指康熙帝）固宥之矣。”[③]

遭受这次打击以后，洪昇更加抑郁悲愤，便于康熙三十年（1691）携家属离开北京，回到故乡杭州。归乡后，生活更加穷困潦倒，在孤山筑稗畦草堂以居，疏狂放浪，以写诗作曲为乐。与此同时，《长生殿》在苏州吴山、松江等地一直演出不衰。康熙四十三年（1704）春末，江南提督张之翼邀洪昇游松江，延为上客，演出《长生殿》。接着，江宁织造曹寅亦延请。在江宁，集南北名流为盛会，以三昼夜的时间演出《长生殿》，独尊洪昇居上座。在他由江宁返回杭州途中，行经浙西乌镇，不幸醉后登舟，落水而死。

洪昇出生于明末清初的动乱年代，主要生活于满族统治趋于巩固的康熙朝。他出生时，清兵南下，他的母亲黄氏因避兵难而遁入山中，经受了流离颠沛之苦。他的一生是郁郁不得志的，他的思想充满了矛盾。尖锐复杂的民族矛盾和阶级矛盾，以及他个人的不幸遭遇，都对他的思想产生重大影响。清初，江南一带抗清斗争持续了相当长一段时期。他的师友如陆繁弨、毛先舒、沈谦、柴绍炳等人，都是心怀明室、入清不仕的遗民。他所敬重的老师陆繁弨，其父陆培就在杭州抗清殉节而死。这些人的民族感情和民族气节，都对年轻的洪昇产生了积极的影响。

---

① （清）徐灵昭：《长生殿序》，见（清）洪昇著，徐朔方校注《长生殿》，人民文学出版社，1958年，第226页。

② 此诗原是指赵执信，前两句是：“秋容（赵执信之号）才华迥绝俦，少年科举尽风流。”但移用来指就此断送功名前途的洪昇，也极相合。

③ （清）毛奇龄：《西河合集》序二十四《长生殿院本序》。

因此，在他早期的诗作中就已经流露出一些兴亡之感。但另一方面，在他的亲人和亲戚中又有一些人是热衷功名利禄的。他的父亲（名不详）就曾仕清，他的外祖父黄机和舅父（也是他的岳父）黄彦博，在入清后都是积极求进并做了官的。黄机还明确地劝过洪昇要为清廷服务，所以他二十四岁就跑到北京去做国子监生，并写了一些为清朝统治者歌功颂德的诗。这表明，他的兴亡之感是不同于那些拒绝同清廷合作的遗民的。但是，在北京生活二十余年里，亲身经历和目睹的社会的黑暗和政治的腐败，使他的思想发生了很大的变化，兴亡之感到后来变得深沉强烈，更接近于明末遗民的感情。

在伦理道德方面，洪昇也存在着思想矛盾。一方面，他受到传统的封建伦理道德观念的影响；另一方面，他又不能不受到时代进步思潮的影响。自明中叶以后，由于经济生活中资本主义生产关系的萌芽，在思想意识领域中强调“情”，以“情”来反对“理”，成为一种进步潮流。明后期，进步思想家李贽和伟大的戏剧家汤显祖，都以不同的形式树起了以“情”反“理”的旗帜，在思想界和文学界产生了重大的影响。明末清初的一些进步思想家如黄宗羲、唐甄等人，不仅强烈地反对封建专制统治，主张君臣之间平等，而且也主张男女夫妇之间平等，继续以“情”来批判“理”。洪昇在《长生殿》例言中曾说：“棠村相国尝称余是剧乃一部热闹《牡丹亭》，世以为知言。余自惟文采不逮临川，而恪守韵调，罔敢稍有逾越。”从他自觉地追踪《牡丹亭》的“韵调”，同时又十分欣喜地首肯于别人将《长生殿》比作《牡丹亭》来看，洪昇接受了以“情”反“理”的时代进步思潮的影响，是显而易见的。

洪昇著作有名可考者十九种，今仅存六种。有《诗骚韵注》（残），诗集《稗畦集》《稗畦续集》《啸月楼集》，剧作《长生殿》（传奇）和《四婵娟》（杂剧）。其他剧作《沉香亭》《舞霓裳》《回文锦》（又名《织锦记》）《回龙记》《锦绣图》《闹高堂》《节孝坊》（或作《孝节坊》）《天涯泪》《青衫湿》《长虹桥》等十种均已失传，奠定洪昇在中国戏剧史和文学史上杰出地位的，是他的悲剧名作《长生殿》。《四婵娟》是四个单折杂剧的总称，以古代四位才女的生活为题材：《咏雪》写晋代谢道韫事；《簪花》写晋代卫夫人事；《斗茗》写宋代李清照事；《画竹》写元代管仲姬等。赞美了古代女子的聪明才智和闺中韵事，偶杂讽刺之笔。其中，以赵明诚和李清照为古今“美满夫妻”，并借他们之口概括了夫妇关系为四种，即美满夫妻、恩爱夫妻、生死夫妻、离合夫妻。这种认识，对他在《长生殿》中描写和歌颂“钗盒情缘”与生死不渝的爱情，不无关系。

（二）《长生殿》题材的演变和创作过程

《长生殿》以唐代安史之乱为背景，描写了唐玄宗和杨贵妃的爱情悲剧。历史上的唐玄宗在前期是一位很有作为的皇帝，开元时期国泰民安，有盛世之称，但后期沉迷声色，荒淫失政，信用权奸，致使阶级矛盾、民族矛盾和统治阶级的内部矛盾都十分尖锐，终于酿成了天宝十四载（755）的安史之乱。自此，唐王朝由盛转衰，一蹶不振。唐玄宗最宠幸的贵妃杨玉环，在安史之乱玄宗幸蜀途中，于马嵬坡被逼自缢。以后安史之乱平息，唐室中兴，肃宗做了皇帝，唐玄宗成了太上皇，但对杨贵妃一直十分怀念，对她的惨死心中无比伤感。关于这段历史和唐玄宗与杨贵妃的关系，有关的正史和野史笔记中都有记载，民间也产生种种传说，有的还带有某种神奇色彩。

唐玄宗和杨贵妃的爱情悲剧，从中唐开始就引起作家、诗人们的注意，并不断地以各种艺术形式加以反映。历来的李杨故事，大多将爱情与政治联系起来写，而且多融合了历史记载和民间传说两方面的内容。从历史事实看，李杨爱情不能说跟唐朝的盛衰兴亡有很重大的关系，但唐玄宗后期的昏庸无道确实跟沉迷女色，尤其是对杨贵妃的宠幸有关。因此，李杨爱情同天宝时期的政治之间确也互有影响。这是描写李杨爱情故事的作品都无法回避的一个问题，就是在这个问题上，表现出作者各不相同的态度。

最早以文学作品的形式描写李杨爱情，同时也是最有影响的，是唐代诗人白居易的《长恨歌》和与《长恨歌》同时写成、相并行世的陈鸿的《长恨歌传》。据陈鸿的《长恨歌传》记载，是王质夫向他们两人谈起这个故事，并且认为这是“希代之事”，只有由像白居易这样的“出世之才”来描写，才能使之传闻于世，不致“与时消没”。还特意说到“乐天深于诗，多于情者也”。可见，王质夫请白居易以诗来传写此事，是很看重李杨之间的爱情的。《长恨歌》对李杨爱情是同情多于批判。虽然上半篇主要是批判和揭露，但对二人的秽迹已多所隐讳；下半篇就极力渲染他们爱情的真挚，对他们爱情的悲剧结局给予深切的同情。如“蜀江水碧蜀山青，圣主朝朝暮暮情。行宫见月伤心色，夜雨闻铃肠断声”，“上穷碧落下黄泉，两处茫茫皆不见”，“天长地久有时尽，此恨绵绵无绝期”等诗句，将李杨二人的真挚爱情、死别之后的刻骨相思，以及绵绵无尽的长恨，都写得十分感人。但同时写成的《长恨歌传》就有所不同。陈鸿说他推想《长恨歌》的作意是：“不但感其事，亦欲惩尤物，窒乱阶，垂于将来者也。”这几句话，其实说的是他自己的写作目的。《长恨歌传》虽然也肯定了李杨之间有深厚的爱情，但全篇的主旨显然在于讽刺，他无意于掩盖二人间污秽的关系，对唐玄宗的“深居游宴，以声色自娱”，对杨贵妃的“善巧便佞，先意希旨”，都有鲜明的揭露和批判。更值得注意的是，他认为女人是祸水，将唐王朝的衰亡归罪于杨贵妃，表现了一种极为陈腐的封建观念。

此后，李杨故事见于歌唱和笔记小说的有好多种。五代时，王仁裕著《开元天宝遗事》四卷，不专写李杨爱情，主要采自民间传说，颇多玄宗时期的宫廷琐闻。宋代的乐史，根据唐代的笔记小说和传说等资料，写成《杨太真外传》二卷，对唐玄宗宠幸杨贵妃，信任杨国忠、安禄山，荒淫失政，以致引起安史之乱的过程，和李杨二人的秽迹，杨氏权倾天下，穷奢极侈，杨贵妃的娇媚妒悍等等都有较详尽的描写。末尾说：“今为外传，非徒拾杨妃之故事，且惩祸阶而已。”主要的批判矛头是指向唐玄宗的：“唐明皇之一误，贻天下之羞。”同样是批判，但与归罪于杨妃一人的“女人祸水”观念，有所不同。宋代无名氏著《梅妃传》，着重写唐玄宗的两个妃子梅妃（江采苹）同杨贵妃争宠互妒的故事。《长生殿》第十八出《夜怨》、十九出《絮阁》即取材于此。结尾处，作者直接站出来发议论，对唐玄宗进行了强烈的谴责，说他：“穷极奢侈，子孙百数，其阅万方美色众矣。晚得杨氏，变易三纲，浊乱四海，身废国辱，思之不少悔。”对杨妃和梅妃的嫉妒争宠虽也有所批判，但认为一般论者“谓或覆宗（指杨贵妃全族被害），或非命（指梅妃为乱兵所杀），均其媚忌（嫉妒）自取”，是不公平的。

元明以来，也多有以李杨爱情为题材的戏曲，见于著录的主要有：元代关汉卿的杂剧《唐明皇启瘞哭香囊》（仅存残曲五支），白朴的杂剧《唐明皇秋夜梧桐雨》（存），岳伯川的杂剧《罗公远梦断杨贵妃》（仅存《正宫》一套），庾天锡的杂剧《杨太真浴罢华清宫》《杨太真霓裳怨》（均佚），明代徐复祚的杂剧《梧桐雨》（佚），汪道昆的杂剧《唐明皇七夕长生殿》（佚），吴世美的传奇《惊鸿记》（存）和屠隆的传奇《彩毫记》（存）等。

洪昇在前代有关李杨题材作品的基础上，加以总结，既有继承，也有扬弃和发展。如清人焦循所说：《长生殿》“荟萃唐人诸说部中事及李、杜、元、白、温、李数家诗句，又刺取古今剧部中繁丽色段以润色之，遂为近代曲家第一”[①]。

① （清）焦循：《剧说》卷四，《中国古典戏曲论著集成》第八册，中国戏剧出版社，1982年，第154页。

洪昇对这一传统题材的改造，主要表现在：彻底抛弃了“女人亡国”的错误观念，将杨贵妃由历史上和传说中一个污秽淫乱的女人，改变为一个热情追求真挚爱情，同时自己也深于情的美好的妇女形象。因此，在剧本中强调并热烈赞美她同唐玄宗的真挚爱情，而有意地删去了污秽的一面。洪昇在《长生殿序言》中批评了《惊鸿记》“未免涉秽”，并声明“凡史家秽语，概削不书，非曰匿瑕，亦要诸诗人忠厚之旨云尔”。在《长生殿例言》中又再次申言：

> 史载杨妃多污乱事，余撰此剧，止按白居易《长恨歌》、陈鸿《长恨歌传》为之。而中间点染处，多采《天宝遗事》《杨妃全传》。若一涉秽迹，恐妨风教，绝不阑入，览者有以知予之志也。

删秽匿瑕的改造工作，目的就是为了改变杨贵妃的形象，更好地描写和歌颂她同唐玄宗的真挚爱情。

《长生殿》的创作，据作者在《例言》中的说明，乃经十余年，三易稿而后成。最初是康熙十二年（1673），与朋友严定隅坐皋园，因谈到开元、天宝间事，有感于李白之遇，而作《沉香亭》传奇。这是第一稿。推想其内容，大概是以李白为主人公，寄寓了作者功名失意、怀才不遇的个人身世之感。到了康熙十八年（1679），因友人毛玉斯批评《沉香亭》传奇“排场近熟”，因而删去李白，加入李泌辅佐肃宗中兴事，改名为《舞霓裳》[①]。这是第二稿。以剧名来推测，《霓裳羽衣曲》关合李杨爱情，剧本当以李杨爱情关系为中心，已经很接近于现存的《长生殿》剧本的内容。又今本《长生殿》自序，日人青木正儿及我国学者章培恒都认为是沿用《舞霓裳》序[②]，而序中已明言是写李杨“情缘”的。到了康熙二十七年（1688），又重新加以修改，删去李泌之事，专写唐玄宗与杨贵妃的爱情故事。这次修改的重点，是考虑到“情之所钟，在帝王家罕有”，同时吸取了唐代的民间传说杨贵妃死后归蓬莱仙院和唐明皇游月宫的故事，写两人的爱情悲剧，经过了生离死别、刻骨相思之后，在天星女孙的撮合之下重新团圆，突出了“钗盒情缘”，剧本也以李杨二人七

---

① 此从章培恒说，见章培恒《洪昇年谱》，上海古籍出版社，1979年，《传略》第13页。

② 见［日］青木正儿著，王古鲁译《中国近世戏曲史》，作家出版社，1958年，第381页；章氏《洪昇年谱》。

夕定情的地方“长生殿”为题名。

《长生殿》的题材，在长期流传演变过程中，经众多作者之手的加工创造，在思想上既有积极的一面，也有消极的一面。积极的一面，主要是对李杨爱情的同情和对唐玄宗荒淫失政的暴露与批判；消极的一面，主要是把杨贵妃写成一个淫乱妇女，将唐王朝的衰亡归罪于她，表现了“女色亡国”的陈腐观念。《长生殿》在前人作品的基础上加以总结和创造，扬弃其消极的一面，发扬其积极的一面，并根据自己对生活和历史的认识，对题材加以改造，使之成为一部具有丰富深刻的政治内容、同时又表现了美好理想的爱情悲剧。

（三）“借太真外传谱新词，情而已”

关于《长生殿》的主题思想，学术界长期以来存在着不同的认识，归纳起来，大概有以下几种看法：

第一，认为剧本的主题是通过对李杨爱情的歌颂，表现了一种具有进步意义的爱情理想。这可称为“爱情主题”说。

第二，认为李杨爱情只是全剧情节发展的线索，剧本的真正主题是揭露和批判帝王后妃的穷奢极侈，荒淫失政，为封建统治阶级提供历史的鉴戒。这可称为“政治主题”说。

第三，认为剧本表现了爱国主义思想和民族意识，是借李杨的爱情悲剧抒发作者心中的亡国之痛和兴亡之感。这可称为“爱国主题”说。

第四，认为《长生殿》并非是单一的某种主题，而是具有爱情同政治批判（或爱国思想）相结合的双重性质，这可称为“双重主题”说。

以上诸说都可以在剧本的思想内容中找到依据。但究竟哪一种最能体现出作品主要的思想倾向，只有对《长生殿》的思想内容作一些具体的分析，才能得出比较符合实际的结论。

《长生殿》第一出《传概》，按例是“家门引子”，包括了两支曲子：【南吕引子·满江红】和【中吕慢词·沁园春】。前曲概括中心思想，后曲概述基本情节。【满江红】曲的内容很值得我们注意。

今古情场，问谁个真心到底？但果有精诚不散，终成连理。万里何愁南共北，两心那论生和死。笑人间儿女怅缘悭，无情耳。感金石，回天地。昭白日，垂青史。看臣忠子孝，总由情至。先圣不曾删郑、卫[①]，吾侪取义翻宫、徵。借太真外传谱新词，情而已。

这里将剧本的创作旨意说得非常明确。作者通过李杨爱情悲剧是要表现一种“精诚不散，终成连理”的爱情理想。这种爱情由于是真挚的、深沉的，因而能够“感金石，回天地。昭白日，垂青史”。作者将这种真情，提到一种至高无上的地位。末句“借太真外传谱新词，情而已”中的“借”字表明，作者创作《长生殿》这个剧本，所注意的不只是历史上李杨故事本身，而且要借用这个历史题材来表现他的一种爱情理想。

从剧本的内容来考察，作者的这一思想旨趣是体现得十分鲜明的。全剧不仅关目安排和情节发展都以李杨爱情作为线索，而且两人的爱情关系和悲剧冲突始终占据着剧本的中心地位。全剧五十出，直接写到李杨爱情关系的有三十多出，其他有关社会政治矛盾的内容不到二十出。在历来舞台上，单出上演而且受到广大观众欢迎的，如《定情》《密誓》《酒楼》《絮阁》《惊变》《埋玉》《闻铃》《哭像》《弹词》等，也都以描写李杨爱情关系为主要内容。从剧本在群众中的影响，也可以看出歌颂真挚的爱情是全剧的主要思想倾向。

剧本的前半部，通过《定情》《春睡》《傍讶》《倖恩》《献发》《复召》《闻乐》《制谱》《舞盘》《夜怨》《絮阁》直到《密誓》，主要关目是写李杨爱情关系的发展。经过曲折的过程，表现唐玄宗对杨贵妃由不专发展到专，最后在七夕于长生殿对牛郎织女双星发誓，爱情便到了成熟阶段。第二出《定情》，与历史上从寿邸选拔杨玉环入宫不同，写唐玄宗直接从宫女中发现杨玉环“德性温和，风姿秀丽”，便册封为贵妃。这本来是写唐玄宗“机务余闲，寄情声色”，但剧本由美色佳丽落笔，却强调二人相爱，恩情美满。生、旦、宫女、内侍分别同唱一支【大石过曲·念奴娇序】曲子，每一次唱都是以“唯愿取恩情美满，地久天长”作结。四次反复，形成一种复沓的韵调，以表现作者和剧中人物希望人间真情至死不变的理想。这一理想，成为一种主旋律，一直贯注到剧本后半部的《仙忆》《补恨》和《重圆》。作者在“例

① 此句指孔子也没有删掉《诗经》中的《郑风》和《卫风》有关描写爱情的作品，而这些作品在封建时代是被指斥为“淫奔之诗”的。

言”中说他此剧是“专写钗盒情缘”的，故于此写出金钗和钿盒，作为李杨二人定情的信物和爱情的象征，在剧中也是贯穿全剧的。

杨贵妃同其姊虢国夫人争宠，是李杨爱情发展中的第一次波澜。剧本围绕着专宠展开戏剧矛盾。剧本以《傍讶》《倖恩》《献发》《复召》连续四出戏加以表现。虢国夫人被召望春宫侍宴，便被唐玄宗勾搭上了，杨贵妃十分不满。她因恃宠娇嗔，得罪于唐玄宗，被逐出宫外。然而，短暂的离别，两人彼此都十分思念，内心极为痛苦。尤其是唐玄宗，在杨贵妃被遣之后便“触目总是生憎，对景无非惹恨”，连“天上琼浆，海外珍馐”都食而无味了，更无心去听歌饮酒。一个献发，一个追悔，便又将杨妃召回宫来。写离别之苦，正借以表现二人钟情之深。而且，一日离别更增添恩情十倍，经过这一次波澜，李杨爱情得到了进一步发展。第十六出《舞盘》便达到一个新的阶段。唐玄宗为杨贵妃庆寿，穷奢极侈，杨贵妃为唐玄宗起舞，尽态极妍。但不久，李杨关系又出现了第二次波澜，即杨贵妃同梅妃江采苹之间的争宠。这就是第十八出《夜怨》和第十九出《絮阁》。本来在杨贵妃得宠之后，梅妃即受到冷落，迁置于上阳宫东楼。但玄宗旧情不断，忽又密诏到翠华西阁幽会。贵妃得信后惊颤伤痛，立即想到定情时的钗盒情缘：“记欢情始定，记欢情始定，愿似钗股成双，盒扇团圆。不道君心，霎时更变……”剧本通过宫廷生活中后妃争宠吃醋生活场景的真实描绘，既表现了杨贵妃对真情的要求，也表现了两人爱情关系的发展，即唐玄宗由不专到专的过程。这两次争宠掀起的波澜，都是以杨贵妃的胜利而告结束的，达到了她固宠的目的。所以，当杨贵妃故作姿态将定情的钗、盒还归唐玄宗时，唐玄宗便十分温存地向她承认了错误。

到了第二十二出《密誓》，在定情之后，经过两次曲折、两次考验，两人的爱情发展到了高潮。这里强调的仍然是杨贵妃对爱情专一持久的要求。她在七夕之夜拈香拜告牛郎织女双星时，“伏祈鉴祐”的还是：“愿钗盒情缘长久订，莫使做秋风扇冷。”她“乞赐盟约，以坚终始”，最后唐玄宗终于同她面对天上双星，订下了“海誓山盟”：“情重恩深，愿世世生生，共为夫妇，永不相离。”可以这样说，在杨贵妃的强烈要求和坚持斗争下，李杨爱情经过曲折的发展，才最后达到成熟，并以盟誓的形式得到巩固的。李杨爱情明显地构成前半部戏剧矛盾的中心线索，并且一步步地发展到了高潮，为全剧表现爱情理想的主题奠定了重要的基础。

对于帝妃关系来说，采用“海誓山盟”的形式以及这种形式所体现出的真挚的爱情，无疑带有理想化的性质。作者明确地认识到“情之所钟，在帝王家罕有”[①]，但为民间传说中两人的真情所感，故有意删去两人关系中荒淫秽亵的一面，突出他们的真情，借以表现自己的同时也是那个时代人们共同的爱情理想。这是一方面。另一方面，作者通过对帝妃关系中由争宠引起的种种矛盾冲突的描写，表现了封建时代的妇女在爱情婚姻问题上所处的不平等地位，以及她们内心的怨愤与不平。杨贵妃之所以对君心不定始终放心不下，之所以对唐玄宗宠爱她的亲姊虢国夫人也那样恼恨和不容，都是基于对这种不平等地位的感受和不满。正如杨贵妃在怨恨梅妃时感叹：“江采苹，江采苹，非是我容你不得，只怕我容了你，你就容不得我也！”这是宫廷生活中男女关系的真实写照。因此后妃间的争风吃醋，杨贵妃的一再要求专宠、固宠，表面上看不免失于荒唐甚至恶俗，但实际上却包含着在爱情婚姻上男女平等的进步要求。因此，有关这方面的描写以及作者所流露出的对杨贵妃的同情，都带有民主思想的因素，具有历史的进步意义。

《密誓》之后，剧本紧接着写安史之乱，国破家亡。第二十五出《埋玉》，写在军情紧迫之下杨妃被赐自缢，酿成了爱情悲剧。作者不仅对杨贵妃之死寄予了深切的同情，而且在具体的艺术描写中，一反过去不少作品“女人是祸水”的观念，肯定和赞美了她的精神品格。她甘愿牺牲自己的性命，以此来调和、解脱唐玄宗和兵将之间的矛盾。她虽然恋生，虽然舍不得唐玄宗，但还是主动请死。

> 望吾皇急切抛奴罢，只一句伤心话……（【耍孩儿】）

她情辞恳切地对唐玄宗说：

> 今事势危急，望赐自尽，以定军心。陛下得安稳至蜀，妾虽死犹生也。
> “望陛下舍妾之身，以保宗社。”

直至最后，唐玄宗也不是主动赐死杨贵妃的，而是“只得但、但凭娘娘罢了”，被迫尊重杨贵妃自己的决定。这里的艺术处理，显示了剧本的思想深度。杨贵妃不

---

① 《长生殿例言》。

再是一个导致唐王朝衰亡的妖淫之妇，而是一个明大义、识大体、顾大局，既忠于爱情又富于自我牺牲精神的女性形象。这出戏写李杨的生离死别，一个多情难舍，一个慷慨捐生，充满浓重的悲剧气氛。

如果作者写此剧的目的，只是在批判唐玄宗宠幸杨贵妃，荒淫失政，误信权奸，以致引起安史之乱，那么到《埋玉》悲剧完成，便可宣告结束。但作者着意描写和歌颂的，是生死不渝的人间真情。因而，杨贵妃虽然死了，爱情却并没有结束，而且由人而鬼，由鬼而仙，超越时空，继续得到发展和升华。剧本的下半部，仍然以李杨二人的爱情关系作为情节发展的主线，写两人一生一死，互相思念，天上人间，情意绵绵。最后以幻想的形式，在牛郎织女的帮助和玉帝的撮合之下，在月宫重圆，永远结为夫妇。

杨贵妃死前唱道："我一命儿便死在黄泉下，一灵儿只傍着黄旗下。"表示死后灵魂也不离开唐玄宗。这就有第二十七出《冥追》，写杨贵妃的鬼魂上场，寻找和追赶唐玄宗。这当然纯出于艺术想象，但作者借此要表现的，是超越生死的真挚爱情。人死了，人的肉体没有了，但"只有痴情一点、一点无摧挫，拼向黄泉，牢牢担荷"。于是，她"虚趁云行，弱倩风驮"，在逶迤古道上急忙追赶，只为了"愿一灵早依御座，便牢牵衮袖黄罗"。剧本将杨贵妃的死别之痛渲染得十分动人。以后，《闻铃》《情悔》《哭像》《神诉》《尸解》《见月》《雨梦》《觅魂》《寄情》等出，一笔写生者，一笔写死者，反复地从两个人的不同角度，错杂交替地写出互相间刻骨铭心的思念。

在杨贵妃一面，是"可怜只有心难死，脉脉常留恨不穷"（《情悔》），"生离死别两悠悠，人不见，情未了，恨无休"（《尸解》）。她本来是蓬莱仙子下凡，在复登仙籍以后，身在仙界，却仍不忘人间旧情，一心一意盼着同唐玄宗重会："位纵在神仙列，梦不离唐宫阙。千回万转情难灭。"（《补恨》）并表示"双飞若注鸳鸯牒，三生旧好缘重结。又何惜人间再受罚折"！这里写杨贵妃不仅一往情深，而且十分坚决执著，宁愿付出一切代价，去争取同唐玄宗实现那世世生生为夫妇的情缘。

在唐玄宗一面，更是终日相思，痛苦难言。除了杨贵妃，"纵别有佳人"，也难使他感到"情投意解，恰可人怀"（《见月》）。在《哭像》一出中他唱道："如今独自虽无恙，问余生有甚风光！只落得泪万行，愁千状！"面对杨贵妃的雕像，不禁一字一泪失声痛哭："别离一向，忽看娇样。待与你叙我冤情，说我惊魂，话我愁肠……"他捧酒哭祭，唱道："寡人呵，与你同穴葬，做一株冢边连理，化一对墓顶鸳鸯。”为了渲染这缠绵的真情和凄苦的离恨，作者竟通过幻笔，写神像流泪：“只见他垂垂的湿满颐，汪汪的含在眶，纷纷的点滴在神台上。”剧本将生离死别的悲伤，夸张到使“泥人堕泪”“铁汉也肠荒”的程度。

正由于“那壁厢人间痛绝，这壁厢仙家念热：两下痴情恁奢，痴情恁奢”（《补恨》），才感动了天孙织女。先是织女保奏玉帝，下旨让杨氏冷骨重生，离魂再合。连月中嫦娥也受了感动，发出这样的感叹：“真千秋一段佳话也。”“只为他情儿久，意儿坚，合天人重见，因此上感天孙为他方便。”（《重圆》）杨贵妃经历了人、鬼、仙三个阶段，经历了曲折悲苦，生离死别，终于实现了同唐玄宗美满的夫妻情缘。乐极而生悲，悲尽而乐来，作者安排这样一个大团圆的结局是有深刻用意的。在《重圆》一出中，道士杨通幽唱道：“情一片，幻出人天姻眷。但使有情终不变，定能偿夙愿。”这里明确地点示出，作者通过月宫团圆的结局，寄托了他的爱情理想：愿天下有情人皆成眷属。《重圆》是全剧的美好结局，但不是戏剧冲突的高潮，高潮是《密誓》。《埋玉》以后的全部情节发展，不过是历尽磨难，终证誓言不虚。李杨在长生殿里对双星盟誓之后，分别引用的白居易《长恨歌》中的两句名句：“在天愿为比翼鸟，在地愿为连理枝。”都证明了作者在《例言》里所说的：“余撰此剧，止按白居易《长恨歌》、陈鸿《长恨歌传》为之。”其意主要就是删去历史记载中杨妃的污乱事，而突出她同唐玄宗之间的真挚爱情。

（四）丰富复杂的社会历史内容

《长生殿》虽以李杨爱情作为全剧描写的主要内容，并以他们爱情关系的曲折发展作为情节发展的中心线索，但李杨爱情却并非《长生殿》内容的全部。在表现爱情主题的同时，剧本又融进了丰富复杂的社会历史内容。作者写到了宫廷生活的荒淫腐朽、奸相的专权误国、杨氏姊妹的奢侈淫逸、逆藩的骄横跋扈、百姓生活的痛苦不安、投降官吏的卑鄙无耻等等，总之是广泛而真实地展现了唐代安史之乱前后的阶级矛盾和民族矛盾。这方面的内容，在剧中不只是作为一种社会背景存在，而是与李杨关系紧密地结合在一起，成为全剧有机的不可分割的组成部分。显然作者所写的不只是唐玄宗和杨贵妃之间的个人悲剧，而是同广泛的社会矛盾有着千丝万缕联系的富有政治内容的社会悲剧。在这方面，作者的创作目的也是很明确的。他在《长生殿自序》中说：“然而乐极哀来，垂戒来世，意即寓焉。且古今来逞侈心而穷人欲，祸败随之，未有不悔者也。”也就是说，洪昇通过李杨的爱情悲剧，不仅仅歌颂了生死不渝的人间真情，同时还附带地总结了历史的经验教训，寄寓着他的劝惩之意。

《长生殿》对帝王后妃的奢侈生活和朝政的腐败进行了一定程度的揭露和批判。第二出《定情》，唐玄宗一上场就唱出：“升平早奏，韶华好，行乐何妨。愿此生终老温柔，白云不羡仙乡。”戏剧冲突由唐玄宗册封杨玉环为贵妃开始，一方面写两人爱情的发展，同时也揭露了唐玄宗的沉迷声色，疏于政事。剧本上半部的情节内容，正如第三十八出李龟年在弹唱天宝遗事时所概括的，是“弛了朝纲，占了情场”。洪昇虽然没有将杨贵妃视为“祸水”，将安史之乱以及唐王朝的衰落简单地归结为“女色误国”，但也在一定程度上真实地揭露出唐玄宗宠幸杨贵妃，与他疏于朝政、信用权奸逆藩，以致造成朝纲松弛、政治腐败等严重的政治局面，是不无关系的。

上半部戏剧冲突主要在宫廷内部展开，但同时也广泛地联系到当时的社会矛盾。因为贵妃的得宠，杨氏兄弟姊妹都得到皇帝的宠幸，位尊权重，炙手可热，杨国忠纳贿招权，穷奢极欲。安禄山一方面同他勾结，一方面又嫉恨于他。安禄山同杨国忠之间争权夺利的矛盾，后来又引发为安禄山同唐王朝之间的矛盾；而郭子仪作为忠臣良将的代表，又同权奸杨国忠和安禄山之间存在着矛盾。这些矛盾，都在唐玄宗纵情声色、荒于政事的过程中，一步步发展为日益严重的政治危机。第二十四出《惊变》，剧本描写唐玄宗和杨贵妃在“喜孜孜驻拍停歌，笑吟吟传杯送盏”的极乐之时，传来安禄山叛乱的惊人消息，就暗示出国家的动乱同李杨的沉迷声色存在着某种内在联系。在紧接着的《埋玉》一出中，又让唐玄宗明言：“寡人不道，误宠逆臣，致此播迁，悔之无及。”在悲剧产生以后，剧本多次写到杨贵妃和唐玄宗的“悔过”，并以此作为他们最后在月宫团圆的条件。例如《情悔》一出，就写出杨贵妃这样的沉痛忏悔：“只想我在生所为，那一桩不是罪案。况且弟兄姊妹，挟势弄权，罪恶滔天，总皆由我，如何忏悔得尽！”这些描写都说明，洪昇在同情、歌颂李杨真挚爱情的同时，对他们也是有所揭露和批判的。

作者对唐玄宗和杨贵妃的揭露和批判，主要表现在两个方面：

第一，结合着李杨关系的发展和后妃争宠的纠葛，描写了杨国忠和安禄山的被任用，以及他们的恃宠争权、为非作歹，甚至图谋叛乱。杨国忠和安禄山是安史之乱前引起唐王朝政治上动荡的两个重要人物，而这两个人物的被任用都同唐玄宗的荒淫失政有关。杨国忠代表了外戚的势力，他“外凭右相之尊，内恃贵妃之宠”，权倾天下，气焰十分嚣张。安禄山代表藩镇的势力，依靠贿赂权奸，骗取了唐玄宗的信任，竟被封为东平郡王，野心渐露。《疑谶》一出，通过忠君爱国的郭子仪的感时伤世，从侧面写出当时政治的黑暗和腐败。一方面是杨家兄妹的承幸骄奢，另一方面是安禄山的得宠逞威。郭子仪不禁感叹："把一个朝纲，看看弄得不成模样了。"这感叹已传出了祸乱将生的消息。唐玄宗为了解决所谓"将相不和"的矛盾，竟同意了安禄山出镇的请求，任命他为范阳节度使。离朝镇边，对安禄山来说是"且喜跳出樊笼，正好暗图大事"，为他日后起兵反唐提供了条件。

第二，对帝后的荒淫享乐生活进行了一定程度的揭露和批判。因为杨贵妃得宠，所以杨氏兄妹也被"万岁爷各赐造府第"，并且四家府第相连，但按皇宫造法。"一座厅堂，足费上千万贯钱钞。"（《疑谶》）三月三日，唐玄宗与杨贵妃春游，杨氏姊妹三国夫人随驾，"香尘满路，车马如云"。剧中以几支曲子渲染其豪华气派："绣幕雕轩，珠绕翠围，争妍夺俊。"三国夫人车过之处，竟至金钿珠宝满地（《禊游》）。通过这些描写，作者对帝妃及外戚那种穷奢极侈的生活，寄寓了明显的批判之意。

更难能可贵的是，作者对人民的痛苦表现出深切的同情。为了使杨贵妃吃到海南和四川的鲜荔枝，就派使臣乘马星夜不停飞奔送往长安，一路上不仅驿使劳苦，而且踏坏庄稼，踏死人命（《进果》）。剧中特意安排了一个老农上场，让他诉说在沉重的苛捐杂税下穷苦农民的苦难："田家耕种多辛苦，愁旱又愁雨。一年靠这几茎苗，收来半要偿官赋，可怜能得几粒到肚！"可就这几茎苗也被送荔枝的车马给踏坏了。这里作者有意地穿插进农家痛苦的生活和心境，以与帝妃宫廷享乐生活形成鲜明强烈的对照。这表现出作者的眼光比较开阔，写李杨爱情，帝后生活，并不局限于宫廷，而是扩大到广泛的社会生活面，触及社会的阶级矛盾。这些描写，都真实地反映了安史之乱时期的历史面貌，丰富了李杨爱情悲剧的社会内容。

在表现李杨爱情关系及其发展的同时，作者对唐玄宗的荒淫好色也是有所讥刺的。这除了在《傍讶》《倖恩》《夜怨》《絮阁》等出中描写他同虢国夫人和梅妃的关系以外，在《禊游》一出中，还从安禄山的眼里、心中作了侧面的点示。安禄山看见唐玄宗与贵妃和杨氏姊妹出游曲江，就感叹说："唉，唐天子，唐天子！你有了一位贵妃，又添上这几个阿姨，好不风流也！""群花归一人，方知天子尊。"

对唐玄宗的荒淫失政，误用权奸，剧本还多次通过剧中人物之口，给予揭露和批判。《献饭》一出，就写田间野老郭从谨，直接向唐玄宗提出委婉的批评，问他："陛下，今日之祸，可知为谁而起？"然后指出"国忠构衅，禄山谋反"都是由于唐玄宗任人不明，阻塞言路："那禄山呵，包藏祸心日久，四海都知逆状。去年有人上书，告禄山逆迹，陛下反赐诛戮。谁肯再甘心铁钺，来奏君王！"出言虽委婉，批评却是相当尖锐的。《看袜》一出，酒家老妪因拾得当年杨贵妃死时所遗锦袜一只，招得远近人家都来店中饮酒看袜，赚了不少钱。郭从谨恰好经过酒铺，众人赞赏锦袜，对杨贵妃之死表示同情："只见线迹针痕，都砌就伤心怨。可惜了绝代佳人绝代冤，空留得千古芳踪千古传。"而郭从谨却感到十分愤慨："唉，官人，看他则甚！我想天宝皇帝，只为宠爱了贵妃娘娘，朝欢暮乐，弄坏朝纲。致使干戈四起，生民涂炭，老汉残年向尽，遭此乱离。今日看了这锦袜，好不痛恨也。"作者的态度存在着明显的矛盾：一面对杨妃之死寄予同情，一面又对帝妃的荒淫腐朽生活带给百姓的灾难表示了鲜明的批判态度。李龟年所唱的弹词【四转】可以说对剧本这方面的内容作了一个小结：

> 那君王看承得似明珠没两，镇日里高擎在掌。赛过那汉宫飞燕倚新妆，可正是玉楼中巢翡翠，金殿上锁着鸳鸯，宵偎昼傍。直弄得个伶俐的官家颠不剌、懵不剌，撇不下心儿上。弛了朝纲，占了情场，百支支写不了风流帐。行厮并，坐厮当。双，赤紧的倚了御床，博得个月夜花朝同受享。

要借李杨故事来表现爱情理想，自不免对唐玄宗和杨贵妃有所美化，但剧本并未改变他们帝王后妃的基本面目，也没有脱离安史之乱当时的历史条件，这都表现了作者在创作这部历史剧时，既考虑现实的需要又尊重历史的可贵态度。

关于《长生殿》是否表现了民族意识和爱国思想的问题，长期以来有不同的看法。我们认为，联系到《长生殿》产生时清初的历史背景，联系到作者思想中有对清统治者不满的一面，更重要的是从艺术描写的实际内容来看，剧本表现了民族意识和抒发了兴亡之感是肯定的，虽然这并不是剧本的主要思想倾向。

在历史上，安史之乱本来既具有阶级矛盾又具有民族矛盾的性质。剧本在艺术描写中比较明显地强调了民族矛盾一面。安禄山任范阳节度使，原有三十二路将官是番汉并用的，谋反准备时，便都改换成番将，使得"大小将领，皆咱部落"。写秋高马壮，合围习武，渲染的也是番营风貌（《合围》《侦报》）。在写到安禄山及其部将时，又是从外貌、风习、装束、武艺等各个方面刻画他们的异族特征："这一员身材慓悍，那一员结束牢栓，这一员莽兀喇拳毛高鼻，那一员恶支沙雕目胡颜……”写围猎获胜，饮酒庆功，也是番姬歌舞送酒，连毛带血食生肉，处处点染出番人的生活情状。更重要的，是安禄山自称为“天可汗”，夸口“奇门布下了九连环，觑定了这小中原在眼”，叫嚷要夺唐天子的天下。

《疑谶》一出，写郭子仪一见安禄山的胡人外貌，便大骂：“见了这野心杂种牧羊的奴，料蜂目豺声定是狡徒，怎把个野狼引来屋里居？”这些话，在清初特定的历史条件下都是犯忌的。在写到安禄山起事以后，又强调了他的血腥罪行：“逢城攻打逢人剁，尸横遍野血流河，烧家劫舍抢娇娥。”（《陷关》）这自然地使人联想到清兵入关南下时对汉族人民的屠杀和蹂躏。

剧本还对爱国志士作了热情的歌颂，对卖国投降的人物表达了切齿的痛恨。郭子仪在剧中作为与杨国忠和安禄山相对立的忠臣良将，被描写成一个安邦定国的英雄人物。他壮怀磊落，忧国忧民，时时想到要为朝廷出力，身居草野时就能预识祸机，很有政治眼光。在《疑谶》《侦报》《剿寇》《收京》诸出中，不仅歌颂了他忠君爱国的品德，安邦定国的抱负，而且还正面描写了他忠勇剿寇，再造社稷的勋业。

另一个光彩照人的正面人物是乐工雷海青。作者怀着热烈的感情赞颂他：“这血性中，胸脯内，倒有些忠肝义胆。”（《骂贼》）他在安禄山面前威武不屈，正义凛然，大骂：“安禄山，你窃神器，上逆皇天，少不得顷刻间尸横血溅。”并掷琵琶击贼首，壮烈牺牲，表现了崇高的民族气节。作者还借雷海青之口，痛骂了那些没有气节的民族败类，淋漓尽致地刻画出他们的丑恶嘴脸：“武将文官总旧僚，恨他反面事新朝。”“那满朝文武，平日里高官厚禄，荫子封妻，享荣华，受富贵，那一件不是朝廷恩典！如今却一个个贪生怕死，背义忘恩，争去投降不迭。只图安乐一时，那顾骂名千古。唉，岂不可羞，岂不可恨！”在【上马娇】一曲中他唱道：“平日价张着口将忠孝谈，到临危翻着脸把富贵贪。早一齐儿摇尾受新衔，把一个君亲仇敌当作恩人感。咱，只问你蒙面可羞惭？”作者这样怀着强烈的义愤，不惜笔墨，反复地斥责屈膝投降的人物，联系到清初一些失节仕清的人多为士林所不齿，也不能不使人感到作者实有含沙射影、指桑骂槐之意。

第三十八出《弹词》，写“家亡国破兵戈沸，孤身流落在江南地”的李龟年弹唱亡国之哀，而且将他流落的地方由湖南移到南京，也显然寄托了作者的兴亡之感。整出戏充满浓重的悲剧气氛和哀伤的感情。李龟年“拨繁弦传幽怨，翻别调写愁烦”，只为“唱不尽兴亡梦幻，弹不尽悲伤感叹，大古里（总是）凄凉满眼对江山”。他所弹出的亡国之恨，也正是剧作者的心中之恨。听他唱曲的众人就有这样的反应：

“无端唱出兴亡恨，引得旁人也泪流。”清人梁廷枏说：“读至《弹词》第六、七、八、九转，铁钹铜琶，悲凉慷慨，字字倾珠落玉而出，虽铁石人不能不为之断肠，为之下泪。”[①] 当时《长生殿》传奇（尤其是《弹词》一出）在群众中影响之深广，有所谓“家家收拾起，户户不提防”的说法。同一时代群众的这种强烈反响，恐怕是不能单纯用观众或读者主观感情一面加以解释的，肯定与剧本本身所表现的民族意识和兴亡之感有密切的关系。

当然，毋庸讳言，作者所表现的民族感情和爱国思想，同忠君思想是联系在一起的，带有历史条件所赋予的浓厚的封建意识。最能代表和传达剧作者民族意识和爱国思想的两个正面人物郭子仪和雷海青，也不过是一心报效朝廷或忠于旧主的忠臣烈士的形象。这同洪昇对“情”的理解是分不开的。在他看来，“情”除了主要指“精诚不散，终成连理”的男女真情之外，也还包括“臣忠子孝”这种符合封建伦理道德规范的思想感情。所以他说：“感金石，回天地，昭白日，垂青史。看臣忠子孝，总由情至。”（《传概》）这样一来，他就将“垂戒来世”的政治寓意和对忠臣烈士的歌颂以及兴亡之感的抒发，都融合到歌颂男女真挚爱情的主题中来。

（五）难以克服的思想矛盾

应该说，作者的创作意图在剧本中并未得到完满的实现。剧本对真挚爱情的歌颂和政治批判的寓意两方面的内容，虽然作者经过苦心孤诣的艺术构思希望得到统一，但实际上并未真正统一。或者说，作者自以为统一了而其实并没有得到观众的认可。

作者一方面是要“专写钗盒情缘”，同时又要总结“古今来逞侈心而穷人欲，祸败随之”的历史教训。目的一方面是在“借太真外传写新词，情而已”，同时又认识到“情之所钟，在帝王家罕有”。这样，在题材的处理和主题的表现上就必然会遇到两方面的矛盾：一方面是帝王后妃间声色之娱的生活同生死不渝的男女真挚爱情之间的矛盾；另一方面是对李杨爱情悲剧的同情同对他们政治上的批判之间的矛盾。

---

① （清）梁廷枏：《曲话》卷三，《中国古典戏曲论著集成》第八册，中国戏剧出版社，1982年，第269页。

很显然，洪昇是把现实生活中存在于普通人之间的男女真挚爱情，移植到了帝王后妃的关系之中。他借历史上这个流传久远的故事，来表现时代所呼唤、民众所需要的一种理想的爱情。然而，真挚爱情同帝王后妃关系，实际上是格格不入的。拥有三宫六院的至尊天子，可以任意宠爱任何一个美丽的女子，也可以随时遗弃任何一个被他玩腻了的女子。这是封建时代皇帝的特权，是封建帝王的本性，也是历史上司空见惯的事实。应该说，历史上真实的帝后关系，恰恰是同理想的真挚爱情相对立的。剧作者要实现他“借太真外传写新词，情而已”这个“借”字，就不能不处于一种两难境地：如果要保持历史上帝妃关系的真实面目，就必然会冲淡或有碍于表现真挚爱情；强调了李杨之间的真挚爱情，就必然要改变或美化历史上帝后间的真实关系。

洪昇在处理这一矛盾的时候，采用了两种办法。其一是删去历史记载中李杨关系的秽迹。在这一点上，洪昇取得了较大的成功，使杨贵妃由一个妖淫的祸国害民的“尤物”，变成了一个严肃的在一定程度上令人同情的悲剧人物。其二是采用两方面兼顾以期望达到两全其美的办法。一方面，在一定程度上保留李杨关系中的历史面貌；另一方面，又企图适当地将普通人中存在的真挚爱情，移入到他们的关系之中。在这方面作者作了精心的构想和艺术处理，但是矛盾并未真正得到解决。

剧本中多次写到，唐玄宗对杨贵妃的宠爱不过是出于帝王对享乐和女色的追求。整个故事就是从唐玄宗“近来机务余闲，寄情声色”开始的。虽然剧作者对历史事实作了改造，但并未改变“寄情声色”的性质。唐玄宗所爱的是杨贵妃的美貌，是她的风姿秀丽。《窥浴》一出中，从宫女窥浴极写杨妃之美；又从唐玄宗的眼里，写出杨贵妃受宠原来是使他在色欲上得到满足。杨贵妃解衣后，唐玄宗这样唱道：“妃子，只见你款解云衣，早现出珠辉玉丽，不由我对你、爱你、扶你、觑你、怜你！”《埋玉》一出，写危急中杨贵妃被迫自缢，而唐玄宗痛惜的也仍然是她的容貌：“当年貌比桃花，桃花，今朝命绝梨花，梨花。”这些描写，对历史上一个贪恋女色的皇帝来说，其感情心理特征自然是十分真实的，但跟民间普通男女之间的真挚爱情，却不能不说仍然是相去甚远。因此，这些描写越丰富、越真实，就越是不利于表现和歌颂李杨间的真挚爱情。因为在普通的观众心目中，帝王对色貌情欲的追求与满足，跟真正的真挚爱情并不是一回事。

剧本写的是一个爱情悲剧，作者对杨贵妃之惨死，以及由这惨死带来的这对情人间的生离死别，寄予了深切的同情。然而，一部悲剧的思想深度，不仅表现在写出人物的悲剧命运上，更重要的是表现在对酿成这一悲剧的社会根源的揭示上。对悲剧的社会根源挖掘得愈深刻，则悲剧就愈有社会意义，悲剧的感人力量也就愈强烈。尽管《长生殿》全剧（尤其是后半部）调动各种艺术手段，对李杨的生离死别渲染出浓重的悲剧气氛，但造成杨贵妃之死这一悲剧的根本原因，在于安史之乱以前唐代社会矛盾日益尖锐的发展，而这些矛盾的发展又无不同皇帝后妃的荒淫失政和享乐腐化有关。不论作者的主观意图如何，客观的艺术效果只能是这样：剧本对他们的揭露和批判，不能不在一定程度上冲淡对他们真挚爱情的肯定和歌颂；反过来，对他们真挚爱情的肯定和歌颂，又不能不显得是对他们罪行的一种美化和开脱。这一矛盾是由题材本身和特定的爱情主题形成的，可以说这是自《长恨歌》和《长恨歌传》以来就存在而一直未能得到根本解决的矛盾。

作者认识到了这一矛盾，因而经过精心构思，想出了一个解决矛盾的办法，就是让他们自悔。他写二人月宫重圆的条件有两条：一条是情真，一条是悔过。他在《自序》中提出了“嘉其败而能悔”的原则。剧本多处写到他们“自悔愆尤”，甚至还专门安排了一出《情悔》，以加重分量，突出这一思想。在作者的设想，是如马嵬坡的土地神所唱：“这一悔能教万孽清。”但在读者和观众的主观感受上，却是难于实现的。这样，悲剧的感人力量就不能不有所减弱。莱辛在论悲剧时曾说：“那些处境和我们最相近的人的不幸，必然能最深刻地打入我们的灵魂深处，如果说我们同情国王，那是因为我们把他们作为人看待，而不是因为他们是国王的关系。”① 历史剧的格局，使洪昇不能不在某种程度上保留李杨作为帝王后妃的真实面貌。他们寄情声色、荒淫奢侈的生活，连同他们对这种生活及其恶果的忏悔，都使我们不能忘掉他们是皇帝和贵妃，而不是“和我们最相近的人”。

实事求是地指出《长生殿》存在难以克服的思想矛盾，不是要否定它所取得的杰出成就。相反，倒是可以使我们从剧作者在克服这一矛盾所作的努力中，看到洪昇在创造性地改造这一传统题材时艰难地攀登上的新高度。《长生殿》作为一部具有丰富社会历史内容的悲剧，无论从它所表现和歌颂的爱情理想来说，还是从社会批判的深度和广度来说，在各种形式的描写李杨故事的作品中都是前所未有的。

---

① ［德］莱辛：《汉堡剧评》，见北京大学哲学系美学教研室编《西方美学家论美和美感》，商务印书馆，1980 年，第 150 页。

（六）杰出的艺术成就

尽管研究者对《长生殿》的主题思想有种种不同的论说评价，但在艺术上却都一致地肯定它取得了杰出的成就。《长生殿》是作者的一部呕心沥血之作，在艺术上确实体现出作者惨淡经营的匠心。下面分几个方面来论析。

（1）精巧细密的艺术构思

作者以安史之乱为背景，来表现李杨的爱情悲剧，写的是一部涉及多方面社会内容的历史剧。如果不经过精巧细密的艺术构思，加以艺术的集中和剪裁，就可能头绪纷繁，线索不清。作者在总体艺术构思中突出李杨爱情，并将李杨爱情结合安史之乱来描写。剧本便是根据这一总体构思来对素材进行精当的取舍、集中，并作了必要的虚构的。在历史上，杨国忠同杨玉环只是堂兄妹关系，杨玉环在天宝四载（745）册封为贵妃时，他并不在封赠之内，做右相是七年以后的事。剧本将他们处理为同胞兄妹关系，并写杨国忠是因杨贵妃的得宠而居相位的。这一改动，就突出了唐玄宗追求声色、宠幸杨贵妃，同杨国忠挟势弄权之间的关系，有利于加强爱情主题同政治批判的联系。历史上，安禄山得势要比杨国忠早。安禄山因攻打契丹轻敌兵败而获罪，后来不仅得到宽宥免罪，而且受到信用。这一史事涉及张守珪（安禄山的义父）、张九龄（丞相，主张杀安）和李林甫三个人，与杨国忠不相干。白朴的《梧桐雨》就写了三个人上场。而《长生殿》却精减了这三个人物，将贿宥的事从李林甫移到了杨国忠身上。这不仅减少了头绪，使情节集中，而且由于写出了杨国忠同安禄山既勾结又争斗的关系，也就更有利于从社会矛盾、政治危机的角度揭示李杨爱情悲剧酿成的原因，丰富了悲剧的社会历史内容。

为了突出爱情主线而同时又融进政治批判的内容，剧本在场次的安排上独具匠心。例如在第二出《定情》中，写杨玉环册封为贵妃之后，紧接着在第三出《贿权》中就写安禄山同杨国忠相勾结，揭露出作为外戚的杨国忠纳贿招权的罪行。第四出《春睡》写杨贵妃怙宠，以她的娇媚和温存“占了风流高座”；在第五出《禊游》中写唐玄宗与杨贵妃以及杨氏兄妹纵情声色、奢侈享乐的生活，并初步写出安禄山同杨国忠之间的矛盾，表现出李杨爱情的发展同政治危机之间的关联。从第六出《傍讶》到第九出《复召》，剧本从矛盾冲突的波澜中写李杨爱情的发展，以后又接写《疑谶》，从安邦定国的忠臣良将郭子仪的角度，写出外戚的骄奢、边将的窃宠，暗示出祸机隐伏的严重政治形势。同时，郭子仪所表现出的愁，是为国家的安危而愁，而上一出中唐玄宗的愁，则是为个人的爱情波折而愁，这也构成了颇富思想内涵的强烈对比。

从艺术构思上看，第十出《疑谶》是为写第二十五出《埋玉》伏笔，壁上李遐周的题诗，就是借术士的预测所作的一种艺术上的点示。而在《疑谶》之后，连写第十一出《闻乐》和第十二出《制谱》，笔墨又转入宫廷生活，写杨贵妃为了压倒梅妃，既展示她的姿容秀丽，又展示她的聪明智慧。这一方面，为后面的《夜怨》《絮阁》写她同梅妃间的争宠张本；同时也就揭示出，在政治上已是祸机显露时，唐玄宗仍同杨贵妃沉迷于声色歌舞之中。第十四出《偷曲》，从侧面进一层渲染宫廷中轻歌曼舞的享乐生活。接下去，在《偷曲》和《舞盘》之间，又穿插进《进果》，将帝妃的享乐同百姓的苦难放置在一起，形成鲜明强烈的对照。这就暗示了政治上的动乱同宫廷生活的关系，对写出爱情悲剧的产生和悲剧的社会内容，都是极为重要的场次。以后，《合围》《侦报》《陷关》《惊变》诸出戏中，都是写政治危机的日益严重，而其间却不忘主线，仍以浓重的笔墨写李杨关系的发展，经与梅妃争宠后，在《密誓》一出达到高潮。《埋玉》一出写在政治大动乱中爱情悲剧的产生。政治和爱情两条线，在交错穿插发展之后汇合到了一起。剧本的后半部仍以李杨爱情为主线，着重描写冥界人间、天上地下两不相忘那种刻骨思念的感情，一直发展到感动天孙织女，最后二人到月宫重圆。但其中也穿插了一些政治内容的场次，如《献饭》《骂贼》《剿寇》《刺逆》《收京》等，既反映了安史之乱的平定、唐室的中兴，又表现了对唐玄宗杨贵妃的批判之意，并寄寓了作者的兴亡之感。总之，从全剧来看，作者确是精心结撰，通过场次的巧妙安排，千方百计地将丰富的社会政治内容融入到爱情主题之中，使政治危机的发展和安史之乱的爆发，不只成为这个爱情故事的背景，而且成为悲剧主题中不可分割的内容。

在关目的安排乃至一些细节的处理上，剧本做到了前有伏笔，后有照应，脉络分明，严谨细密。例如关于杨贵妃同梅妃的争宠，主要是在第十八出《夜怨》和第十九出《絮阁》中表现的。虽然梅妃始终没有上场，但剧本却当作重要关目来处理，在李杨关系的发展中确实起到了重要的作用。而为了写好这两出戏，早在第四出《春睡》中就通过永新念奴的交谈，十分自然地交代："梅娘娘已迁置上阳楼东了。"在第六出《傍讶》中，又通过高力士之口点示梅妃的被冷落实同杨妃的娇妒有关，"前时逼得个梅娘娘，直迁置楼东无奈"。这就在不经意中为后文《絮阁》中写那场大风波伏笔。吴舒凫对洪昇在艺术上的精细用心颇有体察，他在第四出中批云："闲谈中写出关目，曲家解此者唯玉茗（即汤显祖）与稗畦耳。"第十出《闻乐》，写杨贵妃梦游月宫听《霓裳羽衣》仙乐，主要是为了表现李杨的享乐生活和爱情的发展，但通过嫦娥之口交代"妃子杨玉环，前身原是蓬莱玉妃，曾经到此"，就自然地为后面第三十七出《尸解》写杨贵妃复归蓬莱仙院和最后一出《重圆》写二人在月宫相会伏了重要的一笔。又如第二十出《侦报》写郭子仪守灵武，特派哨卒到范阳打探安禄山动静，在安禄山反形初露时，即先事而筹，为后文《惊变》《埋玉》《收京》等出张本。而唐玄宗擢郭子仪为灵武太守，则于第十二出《制谱》中，由唐玄宗口中闲笔叙出，一丝不漏。第二十二出《密誓》，特写出牛郎织女为他们的盟誓作证，这是很有意义的。一方面双星明鉴，写其至诚；另一方面，写双星"作情场管领"（管领人间恋爱的神），又为后文写月宫团圆伏笔。对钗盒的描写，虽属细节，但关系到整个剧情的发展，且与"专写钗盒情缘"的旨趣有紧密联系，故特郑重写出，反复点染，贯穿全剧。第二出《定情》中，写唐玄宗以金钗钿盒作为定情之物，赠给杨贵妃时，剧本用了两支曲子来咏唱。《埋玉》一出中，杨贵妃死前要求以钗盒殉葬，表现出她生命可舍，情不可移，同时又为后来第四十八出《寄情》伏笔。《冥追》一出中，写杨贵妃的鬼魂在墓中寻找钗盒，表现她生死不渝的真情。《尸解》一出中，写杨贵妃回归蓬莱仙院时，也将金钗、钿盒"随身紧守"。钗盒是情的象征，不忘旧物即是不忘旧情。《补恨》一出中，写杨贵妃在璇宫中向织女出示钗盒金钿，以表"思量再续前缘"之意。织女为李杨双方的真情所感，答应上奏天庭，帮助他们重续前缘，以补离别之恨。《寄情》一出中，写杨贵妃"分钗一股，劈盒一扇"，请道士杨通幽带回给唐玄宗，以为征信，并寄托"两意能坚""前盟不负"的希望。直到最后的《重圆》一出中，写李杨二人各出钗盒金钿，重叙七夕盟言，终于实现了"同心钿盒今再联，双飞重对钗头燕"。这样，经过反复描写、点示、渲染，金钗钿盒便成为李杨真挚爱情的象征物而贯穿全剧，得到了突出的表现。这些地方都可看出作者艺术构思的精巧细密。

（2）真实丰满的人物描写

《长生殿》虽为长篇传奇体制，人物却比较集中，使用较多笔墨刻画的主要人物不过是杨贵妃、唐玄宗、杨国忠、安禄山、郭子仪、雷海青等五六个，这些人物都具有鲜明的性格特征，给观众留下深刻的印象。唐玄宗的纵恣多情、杨贵妃的骄妒悍泼、杨国忠的奸险机变、安禄山的跋扈桀骜、郭子仪的忠正沉稳、雷海青的刚烈无畏，都描写得栩栩如生。即使一些次要人物，也显现出一定的性格特色。

全剧中写得最成功的要算是杨贵妃的形象。这个人物写得比较丰满，她的性格中包含着较丰富的社会内容。剧作者虽然对历史事实作了一定程度的改造，但出现在剧中的杨贵妃仍然符合历史的真实，是一个以色邀宠的宫廷贵妃的形象。她被册封为贵妃以后，全部心力就集中在如何以自己的容色和技艺去博取君王的欢心，以达到专宠固宠的目的上。在争宠斗争中，剧本充分地展示了她多疑、妒恨、悍厉、泼辣等性格特色。同时又写出了她同其他宫中妇女一样，都处于一种被玩弄的可悲的地位，不能主宰自己的命运，时时都担心着有被抛弃的危险，内心总是充满着不安和惊恐。她是一个悲剧性的人物，在她的悲剧性格中概括进了深刻的历史内容。她在皇帝面前的娇媚与悍泼，都是为了得到宠爱和担心失去宠爱，这是封建社会专制主义的历史条件和宫廷生活的特定环境造成的。她为争宠而付出的一切努力，包括对同胞姊妹的嫉恨在内，目的都是为“愿钗盒情缘长久订，莫使做秋风扇冷”。就是说，她是在努力摆脱历史上无数宫廷妇女所经历过的那种悲惨命运。这种处于不能主宰自己命运的地位而要求主宰自己命运的努力，不论以何种形式表现出来，都带有某种挑战的性质，有其历史的进步意义。因此，杨贵妃的悲剧性格中虽然包含了令人憎恶的内容，但是她的要求和她的命运都是令人同情的。

对唐玄宗，剧作者虽将一些普通人的感情和性格移植到他的身上，但从总体上看，他仍然是一个纵情声色的风流天子的形象。这也是符合历史真实的。在宫廷生活中，剧本既写了他的“专”（对杨贵妃的迷恋），也写了他的“不专”（勾搭虢国夫人和密会梅妃）；在政治上，既写了他的昏庸（信任杨国忠和安禄山），也写了他的明智（任用郭子仪）。这样矛盾而又统一的两个方面，就构成了唐玄宗完整真实的性格内容。

剧本十分注意在矛盾冲突的发展中揭示人物的内心世界。“宠深还恐宠先衰”，作者从特定的生活环境出发，真实细腻地揭示了杨贵妃在争宠过程中那种亦喜、亦忧、亦惧的复杂的精神状态。《埋玉》一出，写杨贵妃自缢之前的内心冲突，十分细腻：“望吾皇急切抛奴罢，只一句伤心话……”她是事出无奈才请死的，一句伤心话说不出来，绝妙地写出她内心深处对生的眷恋。她是不愿意死的，可又不得不请死，至死还盼着皇帝能保护她不死。所以接下去就写她牵着唐玄宗的衣服痛哭：“痛生生怎地舍官家！”口头上的表示和内心里的要求是矛盾的，在矛盾痛苦中才逼出这句凄惨的话。在六军包围驿亭，唐玄宗难下赐死决心的万分紧急的形势下，杨贵妃这才坚定而又十分痛苦地跪求唐玄宗赐死：“今事势危急，望赐自尽，以定军心。陛下得安稳至蜀，妾虽死犹生也。”恋生是因为同唐玄宗难以割舍的一片深情，决死也同样是因为这一片深情。在决心赴死之后，杨贵妃又叮嘱高力士两件事情：一是好生侍奉圣上；二是将爱情的信物金钗钿盒用来殉葬。作者将人物在尖锐冲突中的思想感情和心理变化，揭示得十分真实细腻，这样不仅把悲剧气氛渲染得很浓烈，而且把主人公的悲剧性格也写得很深入，足以引起观众深切的同情。

剧本的人物性格，有时着眼于人物关系，通过别人的反应（或心中或口中）来进行描写。例如写杨贵妃的骄妒悍厉，就先后从高力士和虢国夫人的反应加以刻画。《傍讶》一出，高力士对宫女永新唱念道：“娇痴性，天生忒利害，前时逼得个梅娘娘，直迁置楼东无奈。如今这虢国夫人，是自家的妹子，须知道连枝同气情非外，怎这点儿也难分爱。”在紧接着的《倖恩》一出中，又通过虢国夫人之口加以强调。经两次重复，就加深了观众的印象。

剧本中动用得最多也是最成功的手段，是通过个性化的唱词来表现人物的思想性格。杨贵妃被谪遣出宫后，心中十分痛苦，一面回忆过去受宠时的幸福，一面偕丫鬟登高楼望九重宫殿。这时有一支【中吕过曲・榴花泣】唱出她内心的痛苦：

> 凭高洒泪，遥望九重阍，咫尺里隔红云。叹昨宵还是凤帏人，冀回心重与温存。天乎太忍，未白头先使君恩尽。

在高力士来传达皇上似有悔心，建议她带一点什么东西去，以感动圣心时，她决定剪下头发献上。这时，剧本以一支【喜渔灯犯】曲词细腻地表现了她复杂矛盾的心境：

> 【剔银灯】这一缕青丝香润，曾共君枕上并头相偎衬，曾对君镜里撩云。丫鬟，取镜台金剪过来。哎，头发，头发！【渔家傲】可惜你伴我芳年，剪去心儿未忍。只为欲表我衷肠，剪去心儿自悯。头发，头发！全仗你寄我殷勤。我那圣上呵，奴身、止鬖鬖发数根，这便是我的残丝断魂。

这段唱，配合着人物的动作，在娇媚纤巧中透出深情，表现了杨贵妃在失宠这一特定环境下个性特征的一个侧面。而同是一个杨贵妃，在恃宠生骄时，所唱又另是一种格调。如第十九出《絮阁》中，杨贵妃唱的那支【北刮地风】，就在咄咄逼人的气势中表现出她的多妒和悍泼。曲文和道白不仅能表现出人物的个性特征，而且还能表现出同一人物在不同环境条件下不同的性格侧面。这是《长生殿》人物描写的杰出成就。

（3）情景交融的抒情特色

《长生殿》是一部诗剧，唱词部分是音乐和诗的结合体，具有浓厚的抒情色彩，在当时就有“爱文者喜其词，知音者赏其律”之誉[1]。一段唱词，就像是一首抒情诗，风格朗洁流畅，疏淡清整，既有中国古典诗词精练明丽的特色，又有民众语言通俗生动的风味。

《长生殿》的唱词，既切合戏剧的规定情景，在具体的戏剧冲突中表现出特定的环境气氛，又切合人物的身份地位和思想感情，常常以景写情，创造出情景交融的诗的境界。

《窥浴》一出，写唐玄宗同杨贵妃的爱情，经过两次波折后进入了一种新的境界。二人同到骊山温泉殿洗浴，恩爱无比。这时用一支【羽调近词·四季花】曲唱当时情景。先由末和小生扮演的内侍唱：

别殿景幽奇：看雕梁畔，珠帘外，雨卷云飞。逶迤，朱阑几曲环画溪，修廊数层接翠微。绕红墙，通玉扉。

这里除了用“雕梁”“珠帘”“朱阑”“红墙”“玉扉”等描绘宫殿的宏伟华丽外，还特意以逶迤曲折的“画溪”和“修廊”烘染出景色的幽奇。尤其是点出曲折绕流的清溪，不仅写出一对相爱的帝妃同浴的具体环境，同时也映衬出洗浴人惬意的心境。所以，接下去唐玄宗就唱了这么几句：“清渠屈注，洄澜皱漪，香泉柔滑宜素肌。”泉水的清香柔滑，本是客观物境的特点，在这里却和处于这物境之中的人的独特感受，融合在一起了。这是写景，但不是单纯写景，而是于景中见情。

《密誓》一出，写杨贵妃于七夕之夜拜告双星乞盟，要求爱情的专一和持久，先用【商调过曲·二郎神】描绘当时的景色：

---

① （清）吴舒凫:《长生殿序》，见《长生殿》，人民文学出版社，1983 年，第 227 页。

秋光静，碧沉沉轻烟送暝。雨过梧桐微做冷，银河宛转，纤云点缀双星。

秋夜之景，在一片冰清玉洁世界中烘托出天上的牛郎织女星，既是乞盟、订盟之具体的环境所必需，同时也是人物的感情愿望所系，情和景在这里是交融在一起的。

最突出的是剧中两次借雨写唐玄宗失去杨贵妃以后的悲情。第一次是第二十九出《闻铃》，写幸蜀途中经栈道、登剑阁时的情景。未下雨前，那阴云残日，冷雨斜风，已足令人伤怀。

袅袅旗旌，背残日，风摇影。匹马崎岖怎暂停，怎暂停！只见阴云黯淡天昏暝，哀猿断肠，子规叫血，好叫人怕听。兀的不惨杀人也么哥，兀的不苦杀人也么哥！萧条恁生，峨眉山下少人经，冷雨斜风扑面迎。

剑阁避雨，听到那树林中的雨声，和着那随风而响的铃铎，点点滴滴，声声不断，无限悲凉，催得人肝肠迸裂。于是唱出这样的一支哀曲：

淅淅零零，一片凄然心暗惊。遥听隔山隔树，战合风雨，高响低呜。一点一滴又一声，一点一滴又一声，和愁人血泪交相迸。对这伤情处，转自忆荒茔。白杨萧瑟雨纵横，此际孤魂凄吟。鬼火光寒，草间湿乱萤。只悔仓皇负了卿，负了卿！我独在人间，委实的不愿生。语娉婷，相将早晚伴幽冥。一恸空山寂，铃声相应，阁道崚嶒，似我回肠恨怎平！

有眼前的实景，也有想象中的虚景。由自己的悲伤，念及对方的凄凉。缠绵哀婉，一往情深。句句是景语，句句亦是情语，情景交融，创造出充满诗意的抒情意境。

第二次是第四十五出《雨梦》。写唐玄宗由于深切的思念，雨中入梦，梦中见到了杨贵妃，又被雨声惊醒。入梦前就写他面对一庭苦雨，半壁愁灯，十分凄凉。真是“不堪闲夜雨声频，一念重泉一怆神”。他唱了一支【越调过曲·小桃红】：

冷风掠雨战长宵，听点点都向那梧桐哨也。萧萧飒飒，一齐暗把乱愁敲，才住了又还飘。那堪是凤帏空，事烟销，人独坐，有花堪折直须折，厮凑着孤灯照也，恨同听没个娇娆。猛想着旧欢娱，止不住泪痕交。

同样是由景而及人，由今而及昔。那滴不尽的是梧桐夜雨，也是伤心人的相思泪。那雨声敲出的是愁和恨，愁的是孤灯独照，恨的是无人同听，真是凄凉人听凄凉雨，凄凉雨映凄凉情。作者以出色的抒情笔调，从情与景的交融中写出主人公内心的哀感，也烘托出浓重的悲剧气氛。

后来又与雨声相应，听到了张野狐唱的自己从前在剑阁栈道上所制的【雨淋铃】曲，“想起蜀道悲凄，愈加断肠”。在这“凄凉万种新旧绕”之时，像是故意给人添愁加恨似的，那窗外的雨声越发大了。在唐玄宗听起来，便是：“疏还密，低复高，才合眼，又几阵窗前把人梦搅。”直到梦中见到了妃子，却又被这梧桐夜雨惊醒。

【江神子·别体】我只道谁惊残梦飘，原来是乱雨萧萧。恨杀他枕边不肯相绕，声声点点到寒梢，只待把泼梧桐锯倒。

将大自然中的雨，经过提炼，融入到特定的抒情意境中来，用以表现主人公的悲剧感情，反复抒发，反复咏唱，可以说是将景的抒情作用发挥到了极致。

剧中以景写情的地方还有不少，大多是一种凄清的色调，用以烘托悲剧气氛。安禄山叛乱，潼关失守，玄宗决定离京幸蜀，这时是：“当不得萧萧飒飒西风送晚，黯黯的一轮落日冷长安。”（《惊变》）杨贵妃死后，鬼魂追赶唐玄宗的车驾，这时是：“暗濛濛烟障林阿，杳沉沉雾塞山河。”（《冥追》）烟障雾塞，正见出生死幽隔，咫尺天涯之意，人的悲苦于景中自见。唐玄宗在成都思念杨贵妃，立像痛哭，哭得神像也满面泪痕，这时是：“悲风荡，肠断杀数声杜宇，半壁斜阳。”（《哭像》）悲风夕阳和杜鹃的鸣叫，无不助人悲怀。杨贵妃的鬼魂御风回到长生殿，见到的是“青磷荒草浮”“殿角几重云影覆”；得知唐玄宗仍在蜀中，魂灵便“到滑桥之上，一望西川”，所见则是“一片清秋，望不见寒云远树峨眉秀”（《尸解》）。荒冷迷茫景象，正寄托着女主人公对想念中人追寻不得的悲情。在《见月》一出中，写唐玄宗对杨贵妃的思念，以冷月映悲怀：“已自难消难受，那堪墙外，又推将这轮明月来。寂寂照空阶，凄凄浸浸碧苔，独步增哀，双泪频揩，千思万量没布摆。”不仅将冷月清光的客境和人物孤寂悲苦的心境融合在一起，创造了一种凄清旷远的抒情意境；

而且将此夕的“孤月重来”同往日的“双星高照”形成对比，映照从前《密誓》时的欢情，更加重了“时移境易人事改”的悲哀。

待到月宫重圆时，夙愿得偿，苦尽甘来，又另是一番景象。中秋之夕：“碧天如水，银汉无尘”，唐玄宗一上场就唱出这样两句：“碧澄澄云开远天，光皎皎月明瑶殿。”清朗明净之境，正切合人物此时的欢情。不过《长生殿》是一部悲剧作品，全剧以景写情，悲景哀情多，欢景乐情少，因而通过情景相融的烘托，人物的悲剧性格和悲剧心理表现得很突出，整部戏剧的悲剧气氛也渲染得很浓重。《长生殿》中的写景，不同于一般叙事作品中的写景，都是剧中人物的眼中之景、心中之景，所以多由角色以曲子唱出，同特定的思想感情结合得非常紧密，这一特点，使它更有利于从中国古典诗歌的抒情传统中吸取艺术经验，并发扬光大，取得很高的成就。

桃花扇

清康熙三十八年（1699），在洪昇的《长生殿》问世十一年之后，另一部悲剧杰作孔尚任的《桃花扇》又完稿行世，同样引起巨大的反响。“王公荐绅，莫不借钞，时有纸贵之誉”，“长安（指北京）之演《桃花扇》者，岁无虚日”，有时演出，竟至“名公巨卿，墨客骚人，骈集者座不容膝”（孔尚任《桃花扇本序》）。

（一）作者孔尚任的生平和思想

孔尚任（1648-1718），字聘之，又字季重，号东塘、岸堂，又号云亭山人，晚年又自称桃花词隐，山东曲阜人，是孔子的六十四世孙。

父亲孔贞璠，明崇祯六年（1633）举人，博学多才，是一个有民族气节的人，入清后在家过着“养亲不仕”的生活。

孔尚任生活于清初，清统治者由动乱而至政权逐渐巩固的时期。他在三十七岁以前，主要在曲阜县北的石门山中读书。自幼研习礼、乐、兵、农诸书，并考订过乐律。其间，二十岁左右时曾考取县府学生员，但岁考未被通过。这个时期，他就开始酝酿要写作一部反映南明兴亡的剧本，并开始搜集资料，博采旧闻。

康熙二十三年（1684），康熙南巡，冬天回京时路过曲阜，行祭孔庙。孔尚任被推荐到御前讲经并导游孔林，受到康熙的褒奖，“不拘定例，额外议用”，被任命为国子监博士。第二年春天，孔尚任到京赴任，开始了仕宦生活。

孔尚任是怀着对康熙皇帝的感激之情和经世济民的理想走向仕途的，但现实却使他感到非常失望。他入京不久，就奉命随工部侍郎孙在丰到淮扬协助疏浚黄河海口，一去将近四年，除了看到政治的腐败和人民的痛苦，可以说是一事无成。康熙二十九年（1690），孔尚任返京，仍做国子监博士。三十四年（1695）秋升任户部主事。三十九年（1700）三月，在《桃花扇》问世半年多以后，孔尚任曾升迁户部广东司员外郎，不久就以“疑案”被罢官。孔尚任被罢官的确切原因不明，但从种种迹象看，很可能同《桃花扇》的创作有关。据孔尚任《桃花扇本末》，《桃花扇》脱稿于“己卯（即康熙三十八年）之六月”，“己卯秋夕，内侍索《桃花扇》本甚急；予之缮本莫知流传何所，乃于张平州中丞家，觅得一本，午夜进之直邸，遂入内府”。孔尚任自己有诗云：“命薄忽遭文字憎，缄口金人受诽谤。”（《长留集·放歌赠刘雨峰》）又《阙里孔氏诗钞》中有孔传铎《喜东塘户部归》诗，其中有句云：“词坛声价与云齐，名满京华被谪宜。”都讲到了同“文字”“词坛声价”有关。当然也不排除因他事牵连而遭诽谤的可能。罢官以后，孔尚任还在北京羁留了将近三年的时间，生活的苦况和内心的愁闷是可以想见的。到了康熙四十一年（1702）冬，孔尚任便回到了家乡曲阜，在石门山又生活了十六年，于康熙五十七年（1718）病逝。

孔尚任的剧作除《桃花扇》外，还有同友人顾天石合著的传奇《小忽雷》。保存下来的诗文作品有《石门山集》《湖海集》《长留集》《享金簿》《人瑞录》等，今人汪蔚林汇为《孔尚任诗文集》，由中华书局出版。其他可考知的著作还有《宫词》《鲁谚》《律吕管见》《介安堂集》《岸堂文集》《绰约词》《节序同风录》《祖庭新记》等，已佚。

在孔尚任的生平事迹中，有几点对正确理解他的思想和创作有重要意义，值得一提。

第一，孔尚任出山和归山的思想基础。

孔尚任的思想是充满矛盾的，而且有一个发展变化的过程。清初，汉族人民的反清斗争此起彼伏，而一般知识分子则采取隐居不仕，同清统治者不合作的态度。清兵入关后，对山东曾大肆劫掠，加上他父亲孔贞璠政治态度的影响，他对清统治者并没有什么好感。但他作为孔子的后裔，自然地继承传统的儒家思想，自幼有经世济民的理想，故注意于礼、乐、兵、农的学习，对功名并不淡泊。到康熙十八年（1679）以后，清贵族政权的统治基本上稳固了，于是采取了一系列争取汉族知识分子的政策，例如康熙的南巡、祭孔、开设博学鸿词科等，因此这时便有不少汉族知识分子改变态度，出来做官。孔尚任既然在政治上有一番抱负，清统治者政策的改变和统治地位的稳固，也就不免使他产生幻想。这就是他出山的思想基础。得到康熙的奖赏，有机会出山，他是十分欣喜的。他对康熙的赏识提拔充满感激之情，而且视为极大的荣耀，在《出山异数纪》中说康熙“一日之间，三问臣年，真不世之遭逢也”。并且表示“书生遭际，自觉非分，犬马图报，期诸没齿”[①]。为实现自己的政治抱负，怀着进一步升迁的期望，孔尚任确是愿意为清朝统治阶级效劳的。

但是，作为一个汉族地主阶级知识分子，虽然在阶级立场、阶级利益上有与满族地主阶级共同的一面，但他的民族意识、民族感情并未因此泯灭，特别是当他在政治上受到歧视、排斥，或怀才不遇、仕途蹭蹬的时候，便又对清朝统治阶级产生不满，甚至萌发对明朝故国的怀念之情。孔尚任入京后在仕途上一直是郁郁不得志的，渐渐地他对康熙的幻想开始破灭，从歌颂新朝又转而与遗老旧臣产生共鸣，也是十分自然的。因此，孔尚任创作《桃花扇》以寄托他的兴亡之感，表现他的民族感情，对明王朝的覆亡表示沉痛的哀悼，并在罢职之后再归山隐居，就是完全可以理解的了。孔尚任的思想存在着矛盾，这种矛盾是由清初错综复杂的阶级矛盾、民族矛盾和统治阶级内部矛盾的历史条件所决定的。由于客观现实的变化，孔尚任的思想也是有变化的，他同清朝统治者的关系，事实上是经历了一个由离而合、又由合渐离的过程。孔尚任思想中矛盾的两个方面，在《桃花扇》中都有着鲜明的反映。

第二，到淮扬治水三年多的生活，对他的思想和创作都有很大的影响。

1685年秋，他出使淮扬，参加治河工作，直到1689年冬天才回到北京。这段生活对孔尚任的思想影响很大，同时对他创作《桃花扇》传奇，无论在素材的积累还是在生活体验方面，都有极重要的意义。

这段时期，他游历了《桃花扇》本事发生的地方，如南明王朝的故都金陵（今南京），李香君的“眠香”旧院秦淮河，史可法困守的孤城并最后殉难的扬州，还有黄得功、高杰、刘良佐、刘泽清四镇争战的江淮一带。他到梅花岭凭吊了史可法的衣冠塚，游览了明故宫，拜谒了明孝陵，这种亲临其境的感受当然会激起他的故国之思和强烈的民族感情。在他当时写的《拜明孝陵》诗中有这样的句子：“萧条异代微臣泪，无故秋风洒玉河。”[②]又《阮岩公移樽秦淮舟中同王子由分韵》诗云：“宫飘落叶市生尘，剩却秦淮有限春；停棹不因歌近耳，伤心每忘酒沾唇。”[③]可以看出他当时的心情。

同时，他在那里结识了不少有民族气节的明末遗老，如冒辟疆、许漱雪、邓孝

---

① （清）孔尚任著，汪蔚林编：《孔尚任诗文集》卷六，中华书局，1962年，第425页。

② （清）孔尚任：《拜明孝陵》，见《孔尚任诗文集》卷二，第146页。

③ （清）孔尚任：《阮岩公移樽秦淮舟中同王子由分韵》，见《孔尚任诗文集》卷二，第140页。

威、杜于皇、僧石涛等人。这些人大多熟悉南明王朝史实，并具有强烈的民族意识。其中冒辟疆是剧中人物侯朝宗、吴次尾、陈定生的好友，在剧中也曾提及。他跟这些人物交往颇密，诗酒唱和，一方面为他提供写作《桃花扇》所需的南明史实和有关素材，另一方面他们强烈的民族意识也必然对他产生影响。

更重要的，是南方人民痛苦的生活和自己坎坷失意的遭遇，使他加深了对清王朝腐败政治的认识。治河本是奉康熙的特旨而行，他原本是想真正为治河作出一点贡献的，但实际上工作极不顺意。由于河道总督靳辅和漕运总督慕天颜意见不合，河工停滞，水灾不已，人民痛苦不堪；而官僚大员却各顾自己的私利，不管人民的死活。与他同事的官吏，有的还朝，有的归里，只剩他贫病交加，呻吟卧床。“留之无益，弃之勿许，盖有似乎迁客羁臣。”① 内心的痛苦和愤慨自可想见。出山时想干出一番事业的抱负，到此化为泡影，这不能不使他感到心灰意冷。所以在回京后便意气消沉，主要沉迷于古玩的收藏和埋头读书上。

第三，《桃花扇》是孔尚任的一部呕心沥血之作。

《桃花扇》的完稿在康熙三十八年（1699）（见《桃花扇本末》），但酝酿准备的时间却很长。前面已提到，早在隐居石门山读书时期即有创作的打算（《桃花扇小引》），因“恐闻见未广，有乖信史”，故仅画其轮廓，后来又经历十余年，三易书稿而成（《桃花扇本末》）。

孔尚任创作的是一部严肃的历史剧，他的要求是要写出一部“信史”。“朝政得失，文人聚散，皆确考时地，全无假借。”（见《桃花扇凡例》）所以他广为搜集史料。例如作者的舅翁秦光仪，明末曾避乱南京，住在亲戚孔方训（孔尚任之族兄）家中，三年间对弘光朝遗事了解颇详，回乡后多次向孔尚任谈及（见《桃花扇本末》）。他于剧本卷首有《桃花扇考据》一篇，列出剧本所据的参考资料十几种一百多条，可见他创作态度之严谨。

完成《桃花扇》之前，于1694年，孔尚任曾同友人顾彩（天石）合作，写成了传奇剧本《小忽雷》。这是写作《桃花扇》的重要准备，为他积累了艺术创作的经验。小忽雷是一种乐器的名称。剧本演唐代宫女郑盈盈（善弹小忽雷）和梁厚本的爱情故事，描写了文宗朝文士同宦官的斗争，中间又牵合著名文人白居易和刘禹

① （清）孔尚任:《待漏馆晓莺堂记》，见《孔尚任诗文集》卷六，第456页。

锡事。痛斥权奸，鞭挞趋炎附势的小人，又以乐器小忽雷为线索贯串全剧，在主题和结构上都同后来的《桃花扇》有相似之处。

（二）关于“权奸亡国”思想的评价

《桃花扇》是一部以南明王朝的兴亡为内容的历史剧。它以复社文人侯方域和秦淮名妓李香君的恋爱故事为线索，揭露了南明王朝的腐败和权奸同清议（复社文人）之间的斗争，在广阔的时代背景上，反映了明末动乱的社会面貌。

《桃花扇》第一出《听稗》下注明“崇祯癸未二月”，续四十出《余韵》下注明“戊子九月”。剧本描写的事件就发生于1643年（即癸未）到1648年（即戊子）的五年间。这正是由明入清的大转折时期。剧本描写的内容是相当广泛、相当复杂的。那么，作者主要表现的思想是什么呢？在剧本的“试一出”《先声》中，通过副末老赞礼之口，明确地点示出他的创作意图：“借离合之情，写兴亡之感，实事实人，有凭有据。”参以在《桃花扇小引》中作者说：

> 《桃花扇》一剧，乃南朝新事，父老犹有存者。场上歌舞，局外指点，知三百年之基业，隳于何人？败于何事？消于何年？歇于何地？不独令观者感慨涕零，亦可惩创人心，为末世之一救矣。

这都表明，作者所写虽然主要是明末清初五年间的事，但他的目光还看到了整个明代三百年的历史，他的创作目的，是要通过《桃花扇》的故事，写南明王朝的覆亡，并进而总结明朝亡国的历史经验。因此，剧本虽然以侯方域和李香君的爱情为主要线索，但《桃花扇》并不是一部单纯的爱情戏，而是一部带有强烈的政治色彩的历史剧。剧中将政治与爱情结合在一起来描写，但主要目的不在写爱情，而是写政治，是总结能“惩创人心”的历史经验。

《桃花扇》所反映的社会矛盾是多方面的。剧本以在野的复社文人侯方域、陈定生、吴次尾等人与在朝的权奸马士英、阮大铖等人的矛盾斗争为主要内容，同时穿插进下层市民李香君、柳敬亭、苏昆生等人跟权奸的矛盾斗争，以及统治阶级的内部斗争，其中又包括忠臣良将史可法、左良玉等人与卖国权奸之间的矛盾斗争和权奸内部争权夺利的矛盾斗争。但在错综复杂的矛盾冲突中，剧本始终以对权奸马士英、阮大铖等人的揭露为中心内容，比较集中地描写和鞭挞了包括弘光帝在内的南明统治者们的腐朽和罪恶。文官们忙于“迎驾”“选优”，武将们则争权夺利，自相残杀。以马士英和阮大铖为代表的权奸置国家民族利益于不顾，结党营私，残害忠良，卖官鬻爵，骄奢淫逸，祸国殃民。他们拥立福王就是为了夺权，国家的多故之秋正是他们的得意之时。剧本通过艺术描写，将南明小王朝乃至整个明朝的覆亡，归结到这些权奸们的罪恶上。剧本的思想倾向，同作者创作时的指导思想是相符合的。他在《桃花扇小识》中说：

桃花扇何奇乎？其不奇而奇者，扇面之桃花也；桃花者，美人之血痕也；血痕者，守贞待字，碎首淋漓，不肯辱于权奸者也；权奸者，魏阉之余孽也；余孽者，进声色，罗货利，结党复仇，隳三百年之帝基者也。

在《桃花扇》中，“权奸误国”的思想确实是表现得很鲜明的。也就是说，在作者看来，统治阶级内部的尔虞我诈、钩心斗角，亡国士大夫们的荒淫无耻、倒行逆施，是南明王朝乃至整个明代覆亡的主要原因。这就是剧本通过戏剧冲突和人物描写所总结出的主要历史教训，也是作者所要着力表现的“兴亡之感”的主要内容。

关于《桃花扇》所表现的“权奸亡国”的思想，学术界曾经产生过争论。最极端的意见，是把这一思想指斥为“反动的政治意图”，认为是剧作者有意地以此来回避或掩盖当时的阶级矛盾和民族矛盾，是无形中为外来的侵略者和其他汉族统治者的罪恶开脱。这就必然会导致否定这部杰出的历史剧的错误结论。

作家的思想由他所生活的历史条件和阶级地位所决定。对“权奸亡国”的思想，我们必须坚持历史唯物主义的实事求是的分析，不能笼统地全部肯定它，也不能笼统地全部否定它。

这是因为：首先，明王朝是在农民起义的烈火中覆亡的。要真正正确地总结出明代三百年兴亡的历史经验，就必须真实地反映出封建社会的基本矛盾——农民阶级同地主阶级的矛盾。从根本上说，是尖锐的阶级斗争促使明王朝衰落，并最后走向覆亡的。由于历史上弘光朝同农民起义军没有直接的矛盾斗争，因而剧中虽然触及这方面的矛盾，但是只从侧面虚写，没有正面展开，由于题材内容所决定也不可能正面展开。剧中写到了李自成起义军攻入北京，崇祯帝在煤山自缢等事，但只是作为展开正面戏剧冲突的一种背景来处理。值得注意的是，作者是站在地主阶级的立场上来看待和反映这一矛盾的，他在剧中称李自成为“寇盗”“闯贼”“流贼”，表现了对农民起义军的敌视。他还歌颂和美化镇压农民起义的将领左良玉，剧本在写到左良玉哭祭崇祯时，这样唱道：“养文臣帷幄无谋，豢武夫疆场不猛。……有皇天作证，从今后戮力奔命，报国仇早复神京，报国仇早复神京”（第十三出《哭主》）。这些话都是针对农民起义军，而不是针对入关南下的清朝军队说的。污蔑张献忠焚掠武昌，十室九空（第十一出《投辕》）。还颂扬史可法“操兵剿贼”为“忠肝义胆”（第十八出《争位》），甚至通过剧中人物张薇之口，说什么“大兵（按指清兵）进关，杀退流贼，安了百姓，替明朝报了大仇……”（闰二十出《闲话》）。这些都清楚地表明了作者敌视农民起义的立场，而这样的立场当然不可能正确、全面、真实地反映出当时的阶级矛盾，进而总结出明朝亡国的真正原因和历史经验。

其次，与此相关，作者没有能够正确地认识和分析南明时期的社会矛盾及其发展变化。在清兵入关以后，民族矛盾便已上升为主要矛盾，当时有的农民起义军曾提出联明抗清的口号，并改奉朱明隆武或永历正朔，江南地区有的地主阶级中的爱国志士（如江阴典史阎应元），也有联合农民奋起抗清的史实。这些都表明了社会矛盾转化的事实。在历史上弘光朝是亡于清兵南下的，因此剧本也触及这一矛盾，但却极力回避，不敢作正面描写，有的地方还颂扬了清朝统治者的圣明与功德。如试一出《先声》中，副末开场称“今乃康熙二十三年，见了祥瑞一十二种”，乃是“欣逢盛世”等等。

这些当然都是《桃花扇》的缺点和不足，但我们却不能因此而否定《桃花扇》悲剧的社会意义和思想价值。对任何历史现象都应作历史的分析，孔尚任不可能超越他的时代，也不可能超越他的阶级，他不可能像今天的读者这样对当时的社会矛盾有全面清醒的认识。同时，我们也不能要求每一部历史剧都必须全面地反映那个时代的社会矛盾，他完全可以根据题材的特殊性和主题的需要，有所取舍，只从一个特定的角度，去反映当时社会矛盾的某一个侧面。

很显然，由于种种原因（包括作者主观的认识水平和畏惧罹祸的心理等），作者没有或不敢把阶级矛盾和民族矛盾作为戏剧冲突的主要内容，而只处理为影响、制约主要戏剧冲突的背景，着重从统治阶级的内部矛盾来探寻总结南明覆亡的原因。应该说这不但是可以的，而且也是有意义的。统治阶级的腐朽，权奸的擅政，确实是南明覆亡的一个重要原因，而这在封建社会（尤其是末期）是具有普遍意义的。从历史事实来看，明末东林党人和复社文人以及支持他们的下层市民对阉党和阉党余孽的斗争，是当时真实的历史内容，也是当时社会矛盾的一个重要方面。尽管《桃花扇》将南明王朝的覆亡主要归结到权奸的罪恶上有其不够全面之处，但剧本对权奸们罪恶的真实而深刻的揭露，仍然反映了这个时期历史真实的一个重要侧面，对我们认识南明乃至整个明朝覆亡的历史，都具有一定的积极意义。

剧本对权奸形象的真实刻画，作为历史上野心家和阴谋家的典型，也具有超越特定历史时期的普遍意义。作者在马士英、阮大铖的身上，概括进了历代权奸的一些共同特征，如利欲熏心，利用国家危难之机，争权夺利；阴险、奸诈、残忍，残酷地镇压反对他们的异党，又善于罗织和伪造罪名，进行诬陷迫害；生活上则大量搜刮民财，荒淫腐朽，恣意行乐，等等。剧本有关这方面的描写，都是真实生动而具有典型意义的。这些特点，不仅在封建时代的权奸们身上可以看到，就是在当代的权奸身上也可以看到。据吴梅《顾曲麈谈》记载："相传圣祖（康熙）最喜看《桃花扇》，每至《设朝》《选优》诸折，辄皱眉顿足曰：'弘光！弘光！虽欲不亡，其可得乎！'"[①] 康熙自然是站在巩固清王朝统治的立场上来认识《桃花扇》所总结的历史教训的，但他的感叹也说明了《桃花扇》所总结的历史教训，确是具有一定的历史真实性和积极的认识意义。

另外，值得我们注意的是《桃花扇》对反权奸斗争的描写，表现了鲜明的是非观念和爱憎感情。剧中虽然也写了复社文人的弱点，但却满腔热情地肯定和赞扬他们对权奸的正义斗争，并对他们遭到的迫害寄予深切的同情，而且还写他们的斗争得到了下层市民的广泛支持。复社文人对马士英、阮大铖等权奸的斗争，从本质上看，还是属于统治阶级内部的斗争。他们斗争的主要手段，是通过各种方式议论朝政。这实际上是继承了中国古代知识分子的清议传统。这种斗争到了封建社会末期，虽然不免显得空疏无力，但比之于在残酷的现实面前消极隐遁的知识分子还是要积极一些。倡导清议之风，是封建社会后期中小地主阶级的一种民主要求，明末清初的一些进步思想家如黄宗羲和顾炎武等人，都是积极肯定清议，主张要让士大夫讲话、议论朝政的。肯定清议，反对封建专制主义，同时将士大夫的清议与下层市民群众反对黑暗政治的斗争联系起来，是《桃花扇》所表现的进步的民主思想的一个重要内容，同"权奸亡国"的思想一样，都是应该有分析地予以肯定的。

---

① 吴梅：《顾曲麈谈·谈曲》，见吴梅著，王卫民编《吴梅戏曲论文集》，中国戏剧出版社，1983年，第112页。

（三）《桃花扇》所表现的民族意识

对于《桃花扇》中表现了“权奸亡国”的思想，学术界的认识基本上是一致的，只是在评价上有肯定和否定的分歧。但在《桃花扇》所表现的“兴亡之感”中，是否包含了对亡明的哀悼和反清的民族意识，大家的认识就很不一致了。大致说来有三种意见：一种认为是表现了孔尚任的民族意识的；另一种则相反，认为《桃花扇》的基本政治倾向是拥护清朝的，是为巩固清王朝提供历史借鉴；第三种意见带有折中的性质，认为《桃花扇》是既颂清又悼明，即一方面为清朝统治者总结经验教训，另一方面又在字里行间流露出民族感情，曲折地反映了当时反清的民族斗争。

我们认为，联系到孔尚任由出山而入山的思想发展，从剧本艺术描写的实际出发，应该承认并且肯定孔尚任在《桃花扇》中是表现了对亡明的哀悼和反清的民族意识的。诚然，剧本中通过老赞礼和张薇之口确曾明明白白地讲过颂扬清朝的话，但是评价一部作品的思想倾向，不能只看剧中人物所说的一两句话，还要看从剧本的全部情节和场面所流露出的思想感情。在清王朝的统治已经得到巩固，汉族人民的反清斗争逐渐消歇的历史条件下，《桃花扇》想要不犯忌而得到上演，在剧本中借人物之口，讲几句赞颂清朝统治者的话是可以理解的；但只要细读剧本就不难发现，这些话是不能完全掩盖剧作者在剧本中所表现的民族意识的。《桃花扇》写了李香君和侯方域爱情上的离合，写了他们在政治上遭到的迫害，但弥漫于全剧的悲剧气氛，渗透于全剧的悲剧意识，主要不是他们个人遭遇的不幸，不是他们的爱情遭受阻挠破坏而不能得到结合，而是一种破国亡家的深沉哀痛。

由于作者所处的时代环境（当时文禁极严，作文稍有违碍，即有杀头灭族的危险），以及作者自己世界观中的矛盾，他没有在剧本中直接地正面地反映民族斗争，甚至有意地回避了对明末清初尖锐的民族矛盾的具体描写；但作者对当时存在的民族矛盾和民族斗争，也并不是漠不关心的，而是通过多种方式，对汉族人民强烈的民族意识和抗清斗争，仍然作了曲折的同时也是相当鲜明的反映。这主要表现在以下几个方面：

第一，对不愿投降、坚决抗清、最后以身殉国的民族英雄史可法进行了热情的歌颂。剧本虽然严格遵守历史的真实，没有回避史可法缺乏能力、无所作为的平庸的一面，但却有意表现并热烈地赞扬了他的民族气节和爱国感情。《誓师》一出，写黄得功、刘良佐、刘泽清三镇在马士英、阮大铖的指使下，移镇上江截战左良玉，造成黄河一带千里空营，清兵乘虚入淮，史可法不足三千兵力，困守扬州。当时形势十分危急，军心不稳，多有怨恨之声。他连夜点兵，三传军令都无人响应，如他所唱，确是“阑珊残局，剩俺支撑，奈人心俱瓦崩。协力少良朋，同心无弟兄”。此时史可法以自己的气节和一片爱国的赤诚之心来感动部下，誓死保卫扬州。他亲自督察三军，鼓舞士气，哭祖宗，哭百姓，“泪点淋漓，把战袍都湿透了”，终于以一片血泪感动了三军将士，表示要同他齐心协力死守扬州。作者在舞台上正面地展示了史可法激励将士誓死抗清的场面，写得神气十足，激昂慷慨。

史：你们三千人马，一千迎敌，一千守内，一千外巡。

众：是！

史：上阵不利，守城。

众：是！

史：守城不利，巷战。

众：是！

文：巷战不利，短接。

众：是！

史：短接不利，自尽。

众：是！

史：你们知道，从来降将无伸膝之日，逃兵无回颈之时。（指介）那不良之念，再莫横胸；无耻之言，再休挂口；才是俺史阁部结识的好汉哩。

虽然城孤兵寡，但在他的激励下，终于欢声雷动，表现出众志成城，不可摧折的精神与气势。这场戏写得十分悲壮感人，将史可法和扬州将士们坚贞的民族气节和英雄气概渲染得非常突出。

《沉江》一出，写扬州失陷后，史可法得知弘光帝已逃离南京，万分悲愤，顿足痛哭，投江而死，以身殉国。死前他唱道：“累死英雄，到此日看江山换主，无可留恋。”将这个“尽节忠臣”之死，写得十分悲壮，写出了他对明朝的一片丹心。但作者意犹未尽，又写老赞礼、侯方域、陈定生等人哭拜史可法的衣冠，唱了一支含义深沉、悲壮感人的招魂曲【古轮台】：

走江边，满腔愤恨向谁言。老泪风吹面，孤城一片，望救目穿。使尽残兵血战，跳出重围，故国苦恋，谁知歌罢剩空筵。长江一线，吴头楚尾路三千，尽归别姓。雨翻云变，寒涛东卷，万事付空烟。精魂显，大招声逐海天远。

史可法是为抗清而死的，是为亡明殉节。将他的死写得如此崇高、悲壮，在清初的舞台上直接展现这样的悲剧场面，应该说孔尚任的勇气是令人佩服的。

第二，剧本强烈地谴责了丧失民族气节的降清人物。《拜坛》一出，写马士英、阮大铖得知左良玉上疏揭露了他们的罪行，并发兵前来讨伐时，十分惊恐。这时剧本通过几句对白，揭露了他们民族投降派的卑劣灵魂和丑恶嘴脸：

马：难道伸长脖颈，等他来割不成？

阮：待俺想来。（想介）没有别法，除去调取黄、刘三镇，早去堵截。

马：倘若北兵（指清兵）渡河，叫谁迎敌？

阮：（向马耳介）北兵一到，还要迎敌么？

马：不迎敌，更有何法？

阮：只有两法。

马：请教。

阮：（作抠衣介）跑。（又作跪地介）降。

马：说的也是。大丈夫烈烈轰轰，宁可叩北兵之马，不可试南贼之刀。吾主意已决，即发兵符，调取三镇便了。

这段对白，起到了一种自我招供、自我画像的作用，揭露透入骨髓，讽刺入木三分。

作者出于对这两个投降派人物的鄙视和憎恨，在《逃难》一出中，具体形象地刻画了北兵来时弘光和马、阮逃跑时的狼狈相。弘光是“中兴宝位也坐不稳”，“千计万计，走为上计”。马士英、阮大铖则是微服“偷溜”。逃跑时，一个是“一队妖娆，十车细软”，带着他平日搜刮来的“薄薄宦囊”；一个是扛着平日积得的金帛，拥着平日娶来的娇艾。剧本以讽刺之笔，写他们在路上被群众拦截，不仅分了他们的赃财，而且将他们剥光衣服，痛打了一顿，还把阮大铖的房子一把火烧掉，使他们丑态百出，狼狈不堪，极尽揶揄嘲讽之能事。

《劫宝》一出，写刘良佐、刘泽清二将竟将弘光帝当作“宝贝”献给清兵，说什么：“把弘光送与北朝，赏咱们个大大王爵，岂不是献宝么？”作者通过黄得功之口，斥骂他们为：“好反贼！奸反贼！”“望风便生降，望风便生降，好似波斯样。……倒戈劫君，争功邀赏。顿丧心，全反面，真贼党！”作者将投降清朝的人物骂作“贼党”，并进行了强烈的谴责，剧本的民族意识不是表现得很鲜明吗？

第三，剧本中对崇祯皇帝自缢的哀悼，也明显地寄托了对亡明故国的怀念之情。闰二十出《闲话》中，通过一个由北京逃出来的老官人张薇之口，对崇祯之亡表示了无限的哀悼，行香哭拜，连呼“大行皇帝”。还由他口中补叙出帝后死事，画出国破家亡的悲惨景象，寄寓了无限的感慨。这场戏，还以窗外不绝的风雨和哀苦呼号之声渲染浓厚的悲剧气氛。在这种气氛中，让崇祯的鬼魂出现在舞台上。第三十二出《拜坛》，写史可法等人哭祭崇祯帝。第四十出《入道》，又写立牌祭祀崇祯亡魂。剧本一再写到崇祯，反复表现对他的悲悼之意，并不是作者对这个末代皇帝特别有感情，而是借此写出他对明朝灭亡的悲悼，表现他的亡国之痛，兴亡之感。

续四十出《余韵》中，写苏昆生成了一个樵夫，到南京卖柴，重到明孝陵。“见那宝城享殿，成了刍牧之场。”“那皇城墙倒宫塌，满地蒿莱了。”而“长桥旧院”（旧时南京歌伎所居之地）“已无片板”，“只剩了一堆瓦砾”。于是唱出了一套【哀江南】曲，分别吊孝陵，吊故宫，吊秦淮，吊长桥，吊旧院，并总吊南明的灭亡。其中有这样的句子：“……残山梦最真，旧境丢难掉，不信这舆图换稿。诌一套哀江南，放悲声唱到老。”忆昔日繁华，看今朝凄惨，一支哀曲唱出悠悠无尽的苍凉意绪，渲染出浓重的悲剧气氛。这套【哀江南】曲集中表现了作者的故国之思，亡国之痛，可以说是作者一字一泪发自胸臆的抒情诗。全剧就在这种悲剧性的最高音调中结束。

这一出中，还写了一个着清服的皂隶带籤票访拿山林隐逸。这也是意味深长的。人物一个个遁入山林，或栖真入道，或变为渔樵，正是跟当时清朝统治者不合作的表现。剧本对清廷笼络文士、访求隐逸的措施作了露骨的讽刺，写“巡抚大老爷张挂告示，布政司行文已经月余，并不见一个人报名”。还借皂隶之口，对那些甘愿为清朝统治者服务的知识分子投以嘲讽：“你们不晓得，那些文人名士，都是识时务的俊杰，从三年前俱已出山了。”在康熙朝广泛地笼络汉族知识分子的时期，这样的描写，无疑表现了对清统治者的不满，明显地也是作者民族意识在剧本中的一种流露。

从以上几方面可以看到，《桃花扇》的作者虽然在对清朝统治者的态度上存在着矛盾，虽然在触及民族矛盾时不无顾忌，但从剧本具体的艺术描写来看，从渗透于全剧字里行间的浓重的悲剧气氛和悲剧感情来看，《桃花扇》所表现的“兴亡之感”中，是包含了对亡明的怀念和对清朝统治的不满在内的。我们不能像有的评论者那样，仅仅抓住剧中人物的片言只语，或仅仅根据剧末侯方域出家的结局，就判定《桃花扇》宣扬了民族投降主义，从而全面否定这部悲剧杰作。

（四）光彩照人的下层市民形象

《桃花扇》的民主思想和杰出的艺术创造，集中地表现在作者以饱满的政治热情，塑造了一批与昏君和权奸相对立的有思想、有气节、爱国而富于正义感的下层市民形象上。其中，尤以女主人公李香君的形象最具思想光彩，也最富于艺术感染力。

李香君是中国古典戏曲中一个罕见的光辉夺目的妇女形象，是《桃花扇》杰出的艺术创造。作者将这个处于社会底层，受凌辱、受歧视的秦淮歌伎，描写成一个聪明、美丽、正直、刚强、明大义、有气节的人物。她生活在当时政治斗争的中心南京，作为一个下层市民，她对政治投以热切的关注。她具有鲜明的是非观念和爱憎感情，她同情东林党人和复社文人对阉党与权奸的斗争，坚决地站在正义的一边。她对侯方域坚贞执著的爱情本身，就表现了在政治上鲜明的是非观念和强烈的正义感。她对爱情的选择，实际上是建立在政治选择的基础之上的。对权奸马士英和阮大铖共同的憎恨与斗争，是她同侯方域爱情的政治基础。由于这个形象的这一特点，就使得《桃花扇》十分自然和谐地将爱情描写同政治批判结合起来。在中国古典戏曲中，爱情和政治斗争达到如此水乳交融般的紧密结合，是《桃花扇》在思想艺术上的重大突破。它与以前《西厢记》中的崔张爱情和《牡丹亭》中的杜柳爱情相比，男女爱情所包含的社会内容和思想意义，都得到了极大的丰富和提高。明以来戏曲中也有将政治与爱情结合起来描写的尝试，但都没有满意的成果。如《浣纱记》以范蠡和西施的爱情作为线索来写吴越兴亡，两人的爱情缺乏动人的光彩和艺术魅力，而且同政治斗争也未能表现出水乳交融的关系。《长生殿》通过精巧的艺术构思，揭示出爱情同政治的内在联系，但由于男女主人公在政治上处于被批判的地位，杨贵妃也就缺乏李香君这样的作为一个优美的悲剧形象所具有的崇高的精神境界，其感人力量也就相对地显得逊色一些。

《桃花扇》中有几出戏，让李香君处于舞台中心，以浓墨重彩，集中地刻画她的形象。

第七出《却奁》，通过政治上鲜明的是非观念，将李香君的思想、眼光、气节、性格都写得十分突出，闪射出耀眼的思想光辉。权奸阮大铖为了摆脱政治上的困境，拉拢复社文人，便通过杨龙友给侯、李二人的结合送来妆奁。妆奁是由杨龙友送来的，并没有讲明是阮大铖所送。侯方域毫无知觉，没有发现任何问题，只是沉醉于“儿女浓情如花酿”的美满幸福之中。他晨起见了香君“珠翠辉煌，罗绮飘荡”的新妆，不禁赞叹道：“香君天姿国色，今日插了几朵珠翠，穿了一套绮罗，十分花貌，又添二分，果然可爱。”李香君却一开始就看出其中有鬼，提出怀疑：“俺看杨老爷，虽是马督抚至亲，却也拮据作客，为何轻掷金钱，来填烟花之窟，在奴家受之有愧，在老爷施之无名；今日问个明白，以便图报。”这就表现了她不仅很有思想，而且头脑冷静，有很高的警惕性。

在知道了妆奁乃阮大铖所送，目的是要纳交侯方域以后，侯方域表现出动摇怜悯，对替阮大铖说情的杨龙友说：“阮圆老原是敝年伯，小弟鄙其为人，绝之已久，他今日无故用情，令人不解。”口称“圆老”，口气已是十分缓和、亲切，待杨龙友解释了阮大铖大受攻击殴辱的处境后，侯方域竟说：“原来如此。俺看圆海情辞迫切，亦觉可怜。就便真是魏党，悔过来归，亦不可绝之太甚，况罪有可原乎？”并满口承应明日即在陈定生、吴次尾面前为之疏解。听了这些没有骨气、没有原则的话，李香君十分愤怒，立即起而斥责侯方域：“官人是何说话！阮大铖趋附权奸，廉耻丧尽；妇人女子无不唾骂。他人攻之，官人救之，官人自处于何等也？”尖锐地指斥侯公子是“徇私废公”，并拔簪脱衣，唱道：“脱裙衫，穷不妨；布荆人，名自香。”几句唱白，加上刚烈果决的动作，便将这个下层女子的思想、眼光、胸怀、气节鲜明地刻画了出来。侯方域当即受到很大的感动和教育，情不自禁地赞叹道：“好，好，好！这等见识，我倒不如，真乃侯生畏友也。”见她布荆淡妆，更觉可爱，说：“俺看香君天姿国色，摘了几朵珠翠，脱去一套绮罗，十分容貌，又添十分。”这里，剧本运用对比的手法，通过人物的唱白和动作，着重刻画了李香君内在的灵魂美。

这以后，剧本又以几出戏进一步表现了李香君政治上的气节和对侯方域爱情的坚贞。这两个方面紧密地结合在一起，是完全统一的：爱情的坚贞，出于她政治信念的坚贞；而爱情的专一，又是在反权奸和抗暴斗争中得到表现的。在斗争中，剧本处处将她同侯公子对比，写她的思想眼光总是高出侯生一筹。例如《辞院》一出，写阮大铖诬陷侯方域勾结左良玉阴谋作乱，侯有被捕的危险，杨龙友为之报信。侯方域得信后的表现是犹疑、惊惧、软弱，先是说："我与阮圆海素无深仇，为何下这毒手。"决定逃离后又忧愁满怀，无可奈何地说："只是燕尔新婚，如何舍得？"香君面临这样的意外紧急情境，却显得从容、镇静、坚定、果决。她虽然同样不愿与侯方域分离，但却能从政治大局出发考虑问题，正色批评一时没了主意的侯生说："官人素以豪杰自命，为何学儿女子态！"以软弱、平庸的侯方域作映衬，更显出李香君不凡的眼光和品格。响亮的十五个字掷向侯生，确是巾帼英雄声口。她总是在关键时刻给侯方域以勇气和力量。

《拒媒》一出，写阮大铖在迎驾夺权后，复任于光禄寺，其同乡田仰也出任漕抚，想以三百金招聘一美妓作妾，杨龙友又为之推荐李香君，并亲自做媒，遭到了李香君的坚决拒绝。她对前来劝说的丁继之唱道："这题目错认，这题目错认，可知定情诗红丝拴紧，抵过他万两雪花银。卖笑哂，有勾栏艳品。奴是薄福人，不愿入朱门。"表现出她蔑视豪门权贵，对爱情坚贞专一的崇高品德。丁继之听后不禁赞叹："可敬！可敬！"几位清客妓女都来劝她，或以利诱，或以威逼，李香君总是不屈服。最后大家为她的高尚志节所感，由劝说她变为支持她，临走时对她说："香君放心，我们回绝杨老爷，再不来缠你便罢了。"

《守楼》一出，写田仰在遭拒后，倚仗马士英的权势，派人前来逼婚强娶，李香君不畏强暴，进行了庄严的抗争。这出戏集中写李香君崇高的气节。她先是进行说理斗争。杨龙友一边劝诱一边威胁她："依我说三百财礼，也不算吃亏；香君嫁个漕抚，也不算失所；你有多大本事，能敌他两家势力？"香君的养娘李贞丽心中畏怯，就命香君收拾下楼。她十分愤怒，马上取出定情诗扇说："妈妈说那里话来！当日杨老爷作媒，妈妈主婚，把奴嫁与侯郎，满堂宾客，谁没有看见。现收着定盟之物。这首定情诗，杨老爷都看过，难道忘了不成？"作者在这里加一句评语云："堂堂之论，谁能置辨。"杨龙友对她说："那侯郎避祸逃走，不知去向；设若三年不归，你也只顾等他么？"她坚决果断地回答："便等他三年，便等他十年，便等他一百年，只不嫁田仰！"并表示："阮、田同是魏党，阮家妆奁尚且不受，倒去跟着田仰么？"写出她的立志守节，又不同于封建道德中的从一而终，有着政治上鲜明的是非观念作基础。待到众人动手要强迫她梳头穿衣时，她便坚决抗争，"持扇前后乱打”，“一柄诗扇，倒像一把防身的利剑”。杨龙友要抢拖她下楼时，她便倒地撞头，血溅诗扇，以明志节。作者于此出总评云：“桃花扇正题，本于此折，若无血心，何以有血痕？……如《却奁》一折，写香君之有为，《守楼》一折，写香君之有守。”[①] 所谓“血心”，就是写她心高志大，写她崇高的精神境界。那柄桃花扇正是李香君崇高精神境界的诗化的象征。

《骂筵》一出，写李香君应选入宫以后，同权奸马士英、阮大铖等人进行面对面的斗争。马、阮等人在赏心亭饮酒赏雪，验看歌女，香君抓住这一机会：“难得他们凑来一处，正好吐俺胸中之气。”她面对权奸，无所畏惧，痛快淋漓地斥骂他们的罪行。她将自己化作击鼓骂曹的“女祢衡”，当面毫不留情地揭露他们，痛骂他们。令人敬佩的是，她斥骂权奸，并不是因为他们欺压侮辱自己而发泄个人的私愤，而是从国家民族的兴亡出发，感到痛心疾首，表现了她高远的眼光和开阔的胸襟。她说：“杨老爷知道的，奴家冤苦，也不值当的一诉。”然后痛快淋漓地痛斥误国权奸的卑鄙无耻和种种罪行。

【五供养】堂堂列公，半边南朝，望你峥嵘。出身希贵宠，创业选声容，后庭花又添几种。把俺胡撮弄，对寒风雪海冰山，苦陪觞咏。

【玉交枝】东林伯仲，俺青搂皆知敬重。干儿义子从新用，绝不了魏家种。冰肌雪肠原自同，铁心石腹何愁冻。吐不尽鹃血满胸，吐不尽鹃血满胸。

她被打倒在雪地上，仍然骂不绝口。李香君的形象，在这一出里升华到了一个更加崇高的境界。作者将一个在旧时代被人歧视的歌女写得如此坚强不屈，勇敢无畏，大义凛然，闪耀出夺目的光辉，实在是对古典戏曲的一个杰出贡献。

剧本写李香君在侯方域离去后独守空楼，抗暴守节。这个“节”不是封建礼教的贞节之节，而是在政治上坚守正确原则的义节之节。就爱情描写来说，《桃花扇》虽然写的也是才子佳人，但完全突破了郎才女貌的俗套，将爱情置于政治原则的基础之上，通过爱情表现出丰富的政治内容。这是在李香君这个形象的创造上，孔尚任超越前人之处。

---

① 据清李慈铭《荀学斋日记》，《桃花扇》原评乃孔尚任本人手笔。

剧本对说书的柳敬亭和唱曲的苏昆生等下层艺人，也极为生动地描写并热情地歌颂了他们的崇高品质。

柳敬亭原是阮大铖的门客，当他读到吴次尾声讨阮大铖的揭帖时，立即义愤填膺，拂衣而去。作者借侯方域之口赞扬他："人品高绝，胸襟洒脱，是我辈中人。"（《听稗》）他"宁坐街坊吃冷茶，不饮权贵斗杯酒"，既有鲜明的是非观念，又有令人敬佩的骨气。当侯方域以他父亲的名义修书劝阻左良玉不要领兵东下时，柳敬亭因事关重大，见义勇为，主动不辞辛劳，前去送书。《投辕》一出，集中刻画了他的勇敢、机智和诙谐的性格。他以幽默的方式启发说服了左良玉，一个极其艰巨的政治任务，他在机趣横生、轻松愉快的交谈中就完成了，充分地显示了他不凡的胸怀、胆识，出众的口才和滑稽的性格。左良玉在被他说服以后，也禁不住夸他说："句句讥诮俺的错处，好个舌辩之士。""这胸次包罗不少，能直谏，会旁嘲。"（《投辕》）

苏昆生是李香君的教曲师父，与柳敬亭一样，是一个富于正义感和侠义心肠的人物。他宁愿到妓院做歌女们的教习，而不愿做阉党义子的帮闲，表现出很高的气节。《草檄》一出，写他为了李香君的幸福，不辞辛劳替她去找侯公子；当得知侯方域被马士英和阮大铖陷害下狱以后，又只身前去请求左良玉解救。在全剧的结尾，他和柳敬亭双双遁迹山林，以渔樵为生，不愿与清朝统治者合作，痛骂汉奸，感思故国，表现出强烈的民族感情。

在《桃花扇》中，孔尚任以开阔的政治眼光，投注于下层的市民阶层，写出他们的侠肝义胆和高尚的品质，塑造出感人的正面形象，是作者可贵的民主思想的表现。

（五）艺术结构和人物塑造

《桃花扇》在艺术上取得了杰出的成就，这主要表现在艺术结构和人物描写上。

"借离合之情，写兴亡之感"，这既是《桃花扇》的创作目的，也是全剧艺术构思的出发点。全剧自始至终，以侯、李二人的爱情为线索，而着重描写和展开的却是反权奸的斗争，以及南明王朝由腐败到覆亡的过程。由这一艺术构思出发，作者紧紧地将爱情和政治结合起来描写，这是《桃花扇》内容丰富复杂而不显得松散凌乱，相反却十分严谨集中的一个重要原因。

作者在《桃花扇凡例》中说："剧名《桃花扇》，则桃花扇譬则珠也，作《桃花扇》之笔譬则龙也。穿云入雾，或正或侧，而龙睛龙爪，总不离乎珠，观者当用巨眼。"这是说，在结构全剧、组织安排情节时，紧紧抓住侯、李二人的悲欢离合作为线索，使之起到穿针引线的作用，使整个剧本的情节线索清楚，结构严谨。而写侯、李爱情，写他们的悲欢离合，又无不体现出作者的政治目光，同政治问题融合在一起。二人的结合，就是跟复社文人同阮大铖的斗争联系在一起的。第二出《传歌》中，特意点出复社代表人物张天如和夏彝仲等一班大名公题诗赞美李香君，这绝不是闲笔，而是透露出李香君同复社人物的联系，为后文写她的政治态度打下基础。侯、李二人的爱情本身就带有浓厚的政治色彩，正因为李香君同情和尊敬复社文人，痛恨权奸，所以才同侯方域结合。在《访翠》《眠香》两出写侯、李结合之前，先以《閧丁》《侦戏》两出写复社文人同阮大铖的斗争，这就为第七出《却奁》写李香君鲜明的政治态度设置了背景，创造了气氛。从《却奁》到第十二出《辞院》，写侯、李二人的由合而分。这是写爱情，也是写政治。一方面，因为阮大铖的拉拢被拒绝而使李香君得到侯方域的敬重，两人的爱情因而更加深挚、坚贞；另一方面，他们后来遭到阮大铖的诬陷以致被迫分离，也在此时种下了祸根。在第八出《闹榭》中，陈定生、吴次尾把不愿做阮胡子门客的柳敬亭、苏昆生看作是复社的朋友；把拒绝阮大铖妆奁的李香君也看作复社的朋友，而且称之为"老社嫂"，比朋友关系更亲近一层。在写两个人分离的《辞院》以前，有《抚兵》《修札》《投辕》三出戏，集中写政治斗争的形势和侯方域在政治斗争中的表现。因侯方域修书劝止左良玉移兵南京，阮大铖借机报复，诬陷侯方域，成为侯、李二人被逼分离的直接原因。这是写离合之情，也是写兴亡之感。故作者在《抚兵》一出的总评中说："兴亡之感从此折发端。"

在侯、李二人分离以后，剧本以两条线索分别写两个人的不同遭遇，同时以此牵合带出政治上的风云变幻和南明王朝的荒淫腐败。一条线写侯方域，牵合马、阮迎立福王，史可法被排挤，四镇争斗，高杰移防等一系列政治事件，表现出南明王朝在政治上的危殆局面。一条线写李香君，通过《媚坐》《守楼》《骂筵》《选优》等出，表现出了皇帝的昏庸荒淫和大臣们的卑劣无耻。这样，"侯生移而香君守"，"男女之离合与国家兴亡相关"（第二十出《移防》总评）。清兵南下，扬州失守，弘光朝便在君臣们的征歌逐舞和将帅们的自相残杀中走向了彻底的覆亡。在国破家亡的条件下，侯、李二人又离而复合；桃花扇在剧终时重现，但被张道士撕破，两人的爱情也在浓重的悲剧气氛中归于幻灭。这样，通过关目的精心组织安排，很好地实现了作者的艺术构思，如第二十一出《媚座》的总评所云："上本之末，皆写草创争斗之状；下本之首，皆写偷安宴游之情。争斗则朝宗分其忧，宴游则香君罹其苦，一生一旦为全本纲领，南朝之治乱系焉。"《桃花扇》人物众多，事件复杂，头绪纷繁。但作者"借离合之情，写兴亡之感"，将二者紧密地结合在一起，巧妙地将纷繁复杂的事件，形形色色的人物，组织在一个有机的艺术整体之中。结构严谨，层次井然，不枝不蔓，这在古典戏曲中是不多见的。吴梅在《中国戏曲概论》中，赞美《桃花扇》的结构说："通体布局，无懈可击……故论《桃花扇》之品格，直是前无古人，后无来者。"① 并非夸张之言。

不仅总体布局如此，即使在一些细微之处，也多注意伏笔照应，针线十分细密。为了在第二十三出《寄扇》中写杨龙友为李香君被鲜血溅红的诗扇点染折枝桃花，便先在第二出《传歌》中写他在媚香楼壁上点缀墨兰数笔。同时，墨兰是补在拳石旁边的，拳石为蓝田叔所画。顺笔点出此人，又为他后来寄居媚香楼伏一笔。为了在第七出《却奁》中写阮大铖拉拢侯方域送妆奁，在第五出《访翠》中，就两次由侯方域自己口中点出他"萧索奚囊，难成好事"，"客囊羞涩，恐难备礼"。有此细微的点示，《却奁》这样的大关目写来才显得顺理成章，十分自然。又如，第九出《抚兵》中交代侯方域父亲侯恂为左良玉的恩师，便为第十出《修札》写侯方域修书致左良玉并由此招祸等情节伏笔；第二十四出《骂筵》，写阮大铖媚上排练《燕子笺》，选优教戏，卞玉京和丁继之为了逃避，双双出家，便为第四十出《入道》写李香君和侯方域醒悟后入道拜二人为师张本。凡此，都可以看出作者构思之细密，在情节的组织上，前后关联照应，滴水不漏。

在与作品的结构相关的传奇体制上，《桃花扇》也富于创造性，颇多突破常例之处。例如"试一出"《先声》中，副末扮南京太常寺老赞礼上场。按传奇体制的通例，副末登场，介绍剧情，本身并不作为剧中的人物。但这个老赞礼在以后的《閧丁》《孤吟》《拜坛》《栖真》《入道》《余韵》等出中多次登场，成为剧中不可缺少的人物，这是打破了传奇副末开场的旧套的。又如上本卷二在第二十出《移防》之外，又加上"闰二十出"《闲话》作为结尾，小结上半本；下本卷三第二十一出《媚

① 吴梅：《戏曲概论》，见《吴梅戏曲论文集》，中国戏剧出版社，1983 年，第 181 页。

座》之前，又增“加二十一出”《孤吟》。这是为了适应上下本连续两日演出的需要，下本也增加一出副末开场，是为新例。下本之末，也与上本之末有“闰二十出”相应，增加了“续四十出”《余韵》，总结全本。写柳敬亭、苏昆生等隐遁山林，尽情抒发亡国之痛，使人有“余韵”不尽之感。一般传奇，末一出总是以生旦团圆结束，但《桃花扇》却写男女主人公在离而再合之后，被张道士喝破，双双入道。这也是打破常格的。还有上本末尾“闰二十出”《闲话》，“全用科白，不填一曲”；下本开始“加二十一出”《孤吟》，又全用词曲，不用道白。这在曲白的穿插处理上，也是别具一格，不落俗套的。

《桃花扇》的人物塑造也取得了很高的成就。

《桃花扇》作为一部历史剧，由于涉及的生活面广，场景丰富，上场人物的规模是相当壮观的。全剧写到的人物不下四十个，这在古典戏曲中是不多见的。这些人物又代表了多方面的社会阶层，相当复杂，上自皇帝、文臣武将，下至落魄文人、青楼歌女、说书艺人、唱曲先生等。剧本将这些人物的活动组织成一个有机的整体，杂而不乱，井井有条；每个人物都在作者的总体构思中占据应有的位置，活动着，起着自己的作用，不显得多余、累赘。更为难得的是，出场人物，特别是主要人物，即使是身份地位相近的，写来也各具面目，性格鲜明，没有使人感到有雷同和类型化的毛病。

对全剧人物的配置，作者有一个严密的整体设计，他将剧中的主要人物组织成一个完整的形象体系。他在《桃花扇纲领》中，将剧中人物分为左、右、奇、偶、经五部，人物的正反、主次都作了很好的安排。左、右两部以正生侯方域、正旦李香君为主，各分为：正、间、合、润四色，合共十六人，都同生、旦有直接关系，主要在表现二人的“离合之情”。奇、偶二部，又各分为中、戾、余、煞四气，合共十二人。史可法、左良玉、黄得功忠于明王朝，属中气；昏君弘光，权奸马士英、阮大铖为戾气；高杰、袁继贤、黄澍三人为余气；降将田雄、刘良佐、刘泽清为煞气。经部以张道士、老赞礼为贯穿全剧的经、纬二星，总绾全剧的兴亡之感和离合之情。

《桃花扇》是一部思想倾向十分鲜明的历史剧，作者对人物的态度，爱憎分明，但所爱所憎，各有不同的分寸和侧重点，并不是千篇一律的。如对李香君、柳敬亭、苏昆生、史可法，作者都是热情地予以肯定和颂扬的，但对每个人赞美的方面却各不相同。对李香君，主要是赞美她政治上鲜明的是非观念，以及建立在此基础上所表现出的不畏权奸、刚强不屈的坚贞气节；对柳敬亭和苏昆生，除了同样肯定他们政治上明确的是非观念外，还着重赞美了他们主动热情、不辞辛劳地帮助人的侠肝义肠；对史可法，则主要是颂扬他对明朝的忠心和至死不降的民族气节。对弘光帝和权奸马士英、阮大铖，作者都是怀着十分憎恶的感情，给予无情揭露的，但侧重点也并不相同。对弘光，作者是将他作为一个傀儡皇帝来描写的，着重刻画他的昏庸和淫逸。他信用权奸，对严重的政治局面视而不见，一味追求声色享乐；在政权崩溃时，仓皇出逃，只求苟全性命，什么事都可以干出来。《劫宝》一出，作者给予他无情的揭露和讽刺。他逃到黄得功驻防的兵营，希望黄能“容留收养”。黄认为自己在皇帝大权已失的情况下“进不能战，退无可守”，对不起皇帝。他反说：“不必着急，寡人只要苟全性命，那皇帝一席，也不愿再做了。”黄对他说，祖宗之天下如何弃得，他竟说：“弃与不弃，只在将军了！”淋漓尽致地写出了他那庸懦卑劣，可怜亦复可笑的形象。

对马士英主要刻画他的暴戾残忍，对阮大铖则主要刻画他的奸诈阴险。在迎立福王的问题上，虽是两个人合谋，但各自的表现和手段却并不完全相同。马士英把问题想得比较简单，以为依凭自己的权势，写一封信给史可法就可以解决问题。阮大铖头脑就要复杂得多，他预先就估计到史可法可能“临时掣肘”，故在马士英修书后“还恐不妥”，又连夜赶去求见史可法。而在遭到闭门不纳之后，并没有表现为气势汹汹，暴跳如雷，而是一面隐忍羞辱，一面算计将来报复的阴谋。相比之下，都是权奸，马士英凶狠，但比较平庸肤浅，其奸恶也较外露；阮大铖则多虑有谋，深沉老练，虚伪狡诈，更加难于对付。

史可法、左良玉、黄得功，号称“南朝三忠”。对这三个人物作者都是既有赞扬又有批评，赞扬他们的“忠”，批评他们庸弱无能，不能运筹帷幄，同心协力维护明王朝。但对他们的赞扬和批评又各有分寸，不全相同。第三十七出《劫宝》总批云：“史阁部心在明朝，左宁南心在崇祯，黄靖南心在弘光，心不相同，故力不相协。”都为忠心，属意各有不同，作者评价也就各异。对忠于明朝的史可法评价最高，热烈地颂扬他的民族气节，殉国一场写得很有悲剧气氛，十分动人。而对黄得功则是责难批评多于赞美，因他心在弘光，故与马、阮为党，置明朝兴亡于度外，且养奸人田雄在家，施放暗箭，将弘光奉送给二刘。故作者在写他拔剑自刎之前，大哭：“苍天，苍天！怎知明朝大下，送在俺黄得功之手。”没有史可法壮烈殉国时的庄严肃穆，反使人觉得有些愚蠢可笑，连他自己也认为是“拉不住黄袍北上，笑断江东父老肠”。

注意从生活出发，写出人物性格的复杂内容，使人物形象的塑造达到生活真实和艺术真实的统一，这是《桃花扇》人物塑造的一个突出特点。这一点，在阮大铖和杨龙友这两个人物的塑造上表现得最为突出。

阮大铖是一个有血有肉的权奸典型，作者没有将他简单化、脸谱化。剧本既写出了他卑鄙阴险的一面，又写出了他十分精明，颇有才干的另一面。他是一个很有才气的文人，写过才华横溢的传奇《燕子笺》，同时又是一个卑鄙无耻、无恶不作的政客。他善于观察形势，在不同的形势下采用不同的手法，退可守，进可攻，善隐藏，又善钻营。

杨龙友也是个性格丰富复杂的人物。这是一个帮闲文人的形象。他在剧中算得上一个反面人物，但与马士英、阮大铖又有区别。他八面玲珑，两边讨好，在复杂的政治斗争中表现得十分圆滑世故。由于他的身份地位特殊（马士英的妹丈，阮大铖的盟弟），以及图谋升迁、博取高官厚禄的思想，使他依附于马、阮集团，为他们奔走卖力。但他能文善画，风流儒雅，故又交结复社文人，并与下层歌妓也有交往。侯方域梳栊李香君，由他做媒；阮大铖要拉拢侯方域，又由他牵线；为了讨好马、阮，他又将香君说给田仰做妾；抢亲时，又由他亲自带人到媚香楼；香君抗拒伤额，他又赞其志节，并将溅血的诗扇点染成桃花扇；当左良玉将移兵南京时，是他出主意要侯方域以其父之名修书劝阻；当侯方域被阮大铖诬告，有被捕的危险时，又是他去通风报信；当李香君痛斥权奸，遭到阮大铖的踢打时，是他上前拉开，并用言语两边敷衍；可在马士英、阮大铖逃难中被愤怒的群众打倒在地时，也是他去救助的。

这些人物的性格描写，都符合于生活的真实，写出了由生活的丰富复杂决定的人物性格的丰富复杂，因而有血有肉，真实可信。

（六）关于悲剧的结局

《桃花扇》的结局是别具一格而富有深意的。它打破了传奇剧本生旦团圆的俗套。清兵南下，南明覆亡，李香君从宫中出来，侯方域从狱中出来，都逃到了栖霞山上。经过种种不幸的遭遇和长期的离别，他们终于在白云庵祭坛上意外地重新相会了。可是正当他们拿出桃花扇互叙旧情的时候，却被张道士呵斥道：“你们絮絮叨叨，说的俱是那里话。当此地覆天翻，还恋情根欲种，岂不可笑？”“呵呸！两个痴虫，你看国在那里，家在那里，君在那里，父在那里，偏是这点花月情根，割他不断么？”（《入道》）于是，两人“如梦忽醒”，抛弃尘心，双双栖真入道，了结了他们的情缘。全剧故事就在这种国破家亡、至痛至哀的悲剧气氛中结束。但作者感到意趣犹有未尽，于是在“续四十出”《余韵》中，又以抒情的笔调，通过昔日繁华与今日冷落的对比，渲染出更加悲凉的气氛。“有始有卒，气足神完”（《桃花扇凡例》），给观众留下了沉重而又绵远无尽的兴亡之感。

关于《桃花扇》悲剧结局的艺术处理，从剧本诞生的那一天起，就有不同的认识和评价。孔尚任的朋友顾天石就不满意这个结尾，在他改编的《南桃花扇》中，就处理为“令生旦当场团圞，以快观众之目”。孔尚任虽然承认改编本“词华精警，追步临川”，但却很不客气地指出，这样一改“未免形予伧父”（《桃花扇本末》）。清代有不少人不满意于这个结尾，是因为历史上的侯方域并未出家，而是参加了清朝的乡试，并中了一个副榜，认为这样处理就遮掩了他“两朝应举”的不光彩行为，有为他晚节不终开脱之嫌。

如果不脱离历史条件而又深入地把握了《桃花扇》的意趣，我们就应该承认，《桃花扇》的结局，在作者的时代已经达到了历史所容许的最高度，在思想上是适宜的，在艺术上也是成功的。

至于作者没有写侯方域两朝乡试，而虚构出他出家的结局，这是关系到艺术形象的塑造问题。历史剧的创作要求历史真实和艺术真实的统一。孔尚任谙熟历史剧创作的艺术三昧。一方面广泛搜集历史资料，进行实地考察，力求能再现历史事件的真实面貌；另一方面，又不为具体的历史事实所束缚，抓住本质方面，概括出悲剧主题，又根据主题表现的需要，大胆地进行艺术创造。所以他一方面在卷首列出《桃花扇考据》的具体材料，并在《凡例》中声言：“朝政得失，文人聚散，皆确考时地，全无假借。”另一方面又在排场、细节、人物描写等方面抛弃“厌套”，“独辟境界”，作种种必要的虚构点染。

孔尚任是在创作历史剧，而不是在写历史。《桃花扇》中的侯方域来源于历史上的侯方域，但又不完全等同于历史人物，而是被作者赋予了新生命的艺术形象。艺术形象是经过剧作家提炼、加工而创造出的超越于真人真事局限的典型人物。孔尚任写侯方域这个人物，是要在原型的基础上，创造出明末清初特定社会条件下一个进步知识分子的典型。

同阮大铖和杨龙友一样，作为一个艺术形象，作者同样写出了侯方域复杂的性格内容，没有将他简单化。剧本一方面写他关心国家大事，有正义感，注重名节，也有一定的才能和眼光；另一方面又写他软弱、动摇、胆小，无所作为。事实上，作者为了表现他前一方面的思想性格，是作了不少艺术虚构的。据历史记载，侯方域在史可法处避难并未担任职务，也没有参加过重大的政治活动，但剧中却写他以“三大罪五不可立”之说，为史可法修书反对马、阮迎立福王，又协助史可法安抚乱军，受史的委托调停江北四镇矛盾，并向史献策调高杰移守河防等，这些都显然是遵循艺术典型的创造法则，虚构、集中（“三大罪五不可立”之说即出自别人而被移到了他的身上），进行艺术概括的结果。按照同样的法则，孔尚任完全有艺术创造的自由，不写侯方域两朝应举，而虚构为出家入道的结局。我们不能要求历史剧将历史上发生的有关事件都写到剧本里来。何况，《桃花扇》中写侯方域的活动，时间只到乙酉七月（《入道》）即顺治二年（1645），而侯方域应河南乡试被录为副榜贡生的事却发生在顺治八年（1651），这并不在剧本描写的时间范围之内。

更重要的还在于，出家的结局是否符合剧中人物侯方域的性格逻辑，而且在明末清初的知识分子中是否具有普遍意义。历史上，明末清初的一批进步的地主阶级知识分子，在尖锐的阶级矛盾和民族矛盾中，尤其在国破家亡的条件下，产生了极大的分化。一种人坚持民族气节，从事实际的抗清斗争，最后以身殉节，如陈子龙、夏完淳等人；另一种人则降清做官，丧失了民族气节，如钱谦益等人。应该说，历史上的侯方域，既不同于前一种人，也不同于后一种人，是属于当时为数不少的另一种类型的人物。他们为形势所迫，有动摇，但并未投降变节，怀着愧悔的心情，以隐退终身。我们应该尊重历史，尊重事实，不能把侯方域同阮大铖、马士英一样看作民族投降派，也不能将他同钱谦益一类人相提并论。孔尚任在《桃花扇》中虽然加强了对侯方域的正面描写，加强了他的正义感、爱国心和注重名节等方面的思想性格，但也没有回避他庸懦、软弱和动摇的另一面。按照剧中人物的思想性格，他无力挽救明亡的危难局面，又缺乏自我牺牲的勇气和精神，但又不愿意和权奸同流合污，成为一个丧失名节的人。因此，对他来说，最好的选择就是既回避矛盾、又保全名节的隐退。出家正是隐退的一种特殊方式。侯方域出家的结局并不是剧作家信手写出的，而是为剧本的总体艺术构思，为人物性格的逻辑发展所决定的。不过，以这样的方式来保持自己的名节，来寄托国破家亡的兴亡之感，这种消极的并且带有虚无色彩的态度本身，也是悲剧性的。或许可以说，这也是《桃花扇》悲剧感的一个重要内容吧。作者作这样的艺术处理，在当时的历史条件下，也是无可奈何的事。我们认为，《桃花扇》的结尾并不是完美无缺的，但无论从人物性格的创造，或者“借离合之情，写兴亡之感”的思想倾向的表现来看，还是从悲剧格调、悲剧气氛的艺术营造来看，《入道》加《余韵》的悲剧结局都是应该肯定的。

至于现代人对《桃花扇》的改编，结尾如何处理，则是另一个问题。抗日战争时期，著名剧作家欧阳予倩改编的话剧《桃花扇》，将出家的结尾改为投降，写侯方域中了副榜以后，在栖霞山遇到李香君，受到当场唾骂。在特定的历史条件下，为了提倡民族气节，批判投降变节行为，作这样的处理当然是具有积极意义的。1949 年后改编上演的电影《桃花扇》也沿用了这一处理方法。但这样的结局对原作的意趣与格调都有较大的改变，而且由于不完全符合剧本表现出的生活逻辑和人物的思想性格，因此总显得有些游离于全剧的艺术整体，让人感到有点格格不入。近年来又不断有新的舞台剧和影视作品的改编本出现，各有自己的探索和创造。但孔尚任的《桃花扇》是彼时彼地条件下产生的客观的艺术作品，今天和今后即使出现人们根据此时此地的条件而创作的新改编本，并有了超过原作的更积极、更完美的结局处理，那也只是艺术创造中后来居上的可喜的现象，而绝不能成为我们否定孔尚任原作《桃花扇》的结局乃至全剧的依据。

汤显祖和《牡丹亭》

（一）

在文学艺术史上，一部杰作的产生，除了作家、艺术家本人的条件（包括天才的条件）以外，还必然伴随着相应的时代条件。伟大的作家、艺术家是时代的儿子，而他精心结撰的作品，则是属于历史的。

就思想统治的严酷而论，处于中国封建社会后期的明王朝，可以称得上是中国历史上最黑暗的朝代之一。宋明时期的理学，从朱熹到王守仁，都提倡“存天理，去人欲”，他们从不同的角度将封建伦理纲常神圣化、神秘化，成为加在广大人民（尤其是妇女）身上的精神桎梏。人欲——人的自然的、合理的生活或生存的要求，人的原本是充满生机的个性，在长时期中遭到蔑视、窒息和摧残。但在明中叶以后，古老的中国封建社会的经济结构开始发生了细微而缓慢的变化，由于手工业和商品经济的发展，开始孕育出新的资本主义的因素。随着市民阶层的壮大，不仅出现了反封建压迫和封建专制主义的市民斗争，而且在思想上产生了新的民主要求。以泰州人王艮为代表的左派王学（又称“泰州学派”），提出“百姓日用即道”的观点，肯定人民群众日常生活、生产的要求和活动都是合理的，并以此作为标准来衡量神圣的、高不可攀的圣人之道。这种思想与封建专制主义相对立，具有鲜明的民主色彩。稍后的李贽发挥了王艮思想中积极的一面，批判宋明理学家“存天理，去人欲”的说教，尤其对所谓假道学深恶痛绝，猛烈抨击，被封建统治阶级视为“异端之尤”。在这种新的社会思潮的影响下，在 16 世纪与 17 世纪之交的中国剧坛上，出现了一位反映出朦胧的个性解放要求的伟大戏剧家汤显祖。他生活于大黑暗的时代，却敏锐地感受到新的时代气息；他诅咒黑暗，呼唤光明，赞颂美，他为长期被窒息的人欲的复苏和人的个性的发展而呼号。

汤显祖（1550-1616），字义仍，号若士，又号海若，别署清远道人，江西临川人。十四岁进学，少年时期即善诗文。他为人正派刚直，不肯为换取个人飞黄腾达的前途去趋附权贵。汤显祖二十一岁时考中举人。当时权势极大的宰相张居正，因汤显祖文名很高，为了自己子弟的举业，便想招致与游。在某些人看来这是一个极好的进身机会，汤显祖却加以拒绝，不惜得罪位高权重的首辅大臣张居正。其后，他因此连续四次赴京春试都未能考中，直到张居正死后的第二年，三十四岁的汤显祖第五次赴考，才以第三甲第二百十一名赐同进士出身。这时，宰相申时行和张四维又来慕名结纳，他却又宁愿失掉考选庶吉士而晋升为内阁大臣的机会，再次加以拒绝，结果到南京太常寺做了一个博士。在封建时代，这样的思想举止是堪称为高风亮节的。四十岁时，才升任南京礼部祠祭司主事。

在汤显祖生活的嘉靖至万历时期，明代的政治十分黑暗腐败，皇帝骄奢淫逸，崇信道教，服药求仙，内阁大臣专权，为非作歹。政府苛繁的税赋，加上贪官污吏的聚敛搜刮，人民生活极其贫困，不堪其苦，社会阶级矛盾十分尖锐。汤显祖对当时黑暗的政治是十分愤慨和不满的。他跟早期东林党的领袖人物如顾宪成、高攀龙、邹元标等都是政治上的好友，他们对于时政的看法和批评的态度都是很接近的。汤显祖官位不高，又比较关心人民，有机会接触和了解人民的生活。1587 至 1588 年，江南大饥之后继以大疫，人民流徙沟壑，而救灾者却在大饱私囊之后得到提升。1590 年，青海火落赤部来犯，临洮总兵官刘承嗣兵败失事，为主和的首辅申时行所庇护。被人目为“狂奴”的汤显祖，敢于仗义执言，批评时政。1591 年，他上了一道《论辅臣科臣疏》，直言不讳地指名揭露了先后为首辅之臣的张居正和申时行等人结党营私、专权败政的罪行，并委婉地指斥了皇帝。他因此获罪而被贬到徐闻县（在今广东省雷州半岛）任典史。1592 年调任浙江遂昌县知县。在遂昌五年，比较关心和接近人民，做了不少为人们所称道的事情，如驱除虎害、压抑豪强、建立相圃书院和尊经阁、除夕放囚犯回家和家人团聚等。1598 年，出于对黑暗现实的强烈不满，汤显祖愤然辞官回到家乡临川。不朽的杰作《牡丹亭》就完成于这一年。三年以后，被当权者以“浮躁”之名追论罢职。此后就在临川闲居，主要生活内容是读书、创作和从事戏剧活动。

汤显祖明显地受到“泰州学派”的思想影响。他的老师罗汝芳是王艮的三传弟子。他 13 岁即从罗汝芳游，中年又在南京跟罗汝芳讨论过学问。他和当时著名的禅师紫柏交好，紫柏是以禅学来批判程朱理学的一位思想激进的和尚。他在《答邹宾川》书中曾说：“弟一生疏脱。然幼得于明德师，壮得于可上人。”[①]明德师即罗汝芳，可上人即紫柏禅师，可见这两个人对他的影响。他还非常敬慕和崇拜进步思想家李贽，称其为“畸人”，并托朋友殷勤求访刚刚出版的《焚书》[②]。汤显祖崇尚真性情反对假道学的思想和李贽是一致的，他在《牡丹亭》中通过艺术形象所表现的个性解放的思想，李贽在他的著作中曾以理念的形式表述过。李贽和紫柏都被封建统治者指为“异端”，并遭迫害，先后死于狱中。汤显祖对他们表示了深切的同情，并作诗哀悼[③]。汤显祖的世界观是比较复杂的。他同时又受到当时非常流行的佛道思想的影响，于佛学用力尤多。三十岁时曾在南京清凉寺设坛讲经，又曾为《蜀大藏经》和《五灯会元》作序。由于政治上的失意和生活上的不幸（爱子夭折），更滋生了消极出世的思想，这在他的戏剧和诗文创作中都有不同程度的表现。

汤显祖的诗文词赋在当时也颇负盛名。今存诗集《红泉逸草》《问棘邮草》和《玉茗堂集》（诗、文、赋合集），1982年上海古籍出版社汇为《汤显祖诗文集》，由徐朔方笺校出版。

但汤显祖的创作成就主要在戏剧方面，在中国文学史上他是以戏剧家传名后世的。他一生创作了五个传奇剧本。最早的《紫箫记》大约作于1577至1579年之间，仅写成三十四出，没有终卷。《紫钗记》即据《紫箫记》删润而成，约作于1587年前后。《牡丹亭》作于1598年。《南柯记》作于1600年。《邯郸记》作于1601年。后四种因剧中都写到了梦境，故合称为“临川四梦”或“玉茗堂四梦”。

“四梦”的取材，都有前代的小说笔记作依据。《紫钗记》取材于唐代蒋防的传奇小说《霍小玉传》，《牡丹亭》取材于明代的话本小说《杜丽娘慕色还魂》，《南柯记》取材于唐代李公佐的传奇小说《南柯太守传》，《邯郸记》取材于唐代沈既济的传奇小说《枕中记》。但这四种剧都不是原作的简单改编，而是经过作者思想上的改造，融进了现实生活的内容，传达出时代的气息。汤显祖在《紫钗记》中改变了小说中李益的负心薄义的思想性格和有关情节，将悲剧性的结局改变为喜剧性的

---

① （明）汤显祖著，徐朔方笺校《汤显祖诗文集》卷四十七，上海古籍出版社，1982年，第1352页。

② （明）汤显祖：《寄石楚阳苏州》，《汤显祖诗文集》卷四十四，第1246页。

③ 《叹卓老》诗中有句云：“知教笑舞临刀杖，烂醉诸天雨杂花”。《西哭三首》中云：“万物随黄落，伤心紫柏西。”并见《汤显祖诗文集》卷十五，第583、595页。

团圆的结局，热情地赞颂了霍小玉的“有情痴”和黄衣客的“无名豪”，这显然是寄托了作者的理想的。剧本揭露了卢太尉的专横自私、卑鄙奸诈，也对李益的软弱动摇作了一定的批判，认为这是造成霍小玉悲剧性命运的两个主要因素。《南柯记》通过一个名叫淳于棼的人梦境中的种种遭遇，曲折地表现了作者对现实政治的认识，对朝廷的腐败和统治者的骄奢淫逸，作了一定程度的揭露，南柯郡的太平景象则体现了作者与黑暗现实相对立的政治理想。但剧中有些地方流为佛教教义的宣讲，在全剧的末尾更表现出一切皆空、人生如梦的消极思想。《邯郸记》也是通过梦境来反映现实的，内容比《南柯记》深刻，带有更为鲜明强烈的揭露意义。卢生飞黄腾达和荒淫无耻的一生，是封建社会中大官僚生活的艺术概括。剧中对科场的腐败、官场中的互相倾轧、统治阶级生活的豪华奢靡等，都作了广泛的揭露，可以说是明代后期黑暗政治的缩影。但剧中通过吕翁度人成仙，将现实社会中种种黑暗和腐败归结为梦幻，也表现出浓重的佛道思想。

汤显祖曾说：“一生四梦，得意处唯在《牡丹》。”（见王思任《批点玉茗堂牡丹亭叙》）的确，无论是从剧本的思想艺术成就来看，抑或是从对社会生活的影响及在戏剧史上的地位来看，足以使汤显祖成为一个伟大的戏剧家，以至被人用来和同时期英国的伟大戏剧家莎士比亚并称的，正是他的不朽的杰作《牡丹亭》。

（二）

《牡丹亭》，又名《还魂记》，或称《牡丹亭还魂记》，是 16 世纪末期我国戏剧史上一部描写爱情的杰作。剧中描写了一个贵族小姐杜丽娘，她是南安郡太守杜宝的独生女儿，老夫妇俩视为掌上明珠。杜宝为了按照自己的理想和道德观念培养教育她，请来了一位迂腐的老秀才陈最良做塾师，由丫头春香伴读。《诗经》中的爱情诗篇和大自然美好的春光唤醒了杜丽娘的青春，在游园时于梦中与青年才子柳梦梅相爱。梦醒后不见了情人，因情而感病，因病而身亡。死前留真（自画像）题诗，表达了对理想情人的爱情和思念。三年以后，青年书生柳梦梅去临安赴试，因病留住杜丽娘葬地梅花观，得丽娘画像而与丽娘之幽魂欢爱。丽娘因情又死而复生，经过与杜宝的一段曲折斗争，最后在柳梦梅考中状元的情况下，由皇帝做主，结为夫妻。

《牡丹亭》一问世，便风行一时，在社会上产生广泛的影响，据说是“家传户诵，几令《西厢》减价。”（沈德符《顾曲杂言》）当时一些女性读者被它深深地激动，在思想感情上产生了强烈的共鸣。相传一位名叫俞二娘的年轻女子，因读《牡丹亭》伤感而死，汤显祖还曾写诗来哀悼她。杭州的女演员商小玲，意有所属而情不得通，在演《牡丹亭·寻梦》一折时，竟因哀感而当场死于舞台上。扬州一个酷爱《牡丹亭》的女子，临死时遗言要拿《牡丹亭》殉葬。一位多情才女冯小青，爱情婚姻极其不幸，读《牡丹亭》后题诗云：“冷雨幽窗不可听，挑灯闲看《牡丹亭》。人间亦有痴于我，岂独伤心是小青。”可见杜丽娘的形象确实概括了当时许多妇女的不幸命运，表达了她们痛苦的心声。一百多年以后，曹雪芹在《红楼梦》里写了“西厢记妙词通戏语，牡丹亭艳曲警芳心”一回，写林黛玉听了悠扬婉转的《牡丹亭》曲词，竟“心动神摇”“如醉如痴”。这位伟大的现实主义作家，以一种特殊的形式——通过他笔下的女主人公，一个生活在黑暗王国之中、开始觉醒、具有初步民主思想的少女的心灵感应，对《牡丹亭》作出了评价。这是一个不同寻常的很高的评价。时间过去了将近四个世纪，由于时代条件完全不同，剧中所反映的生活早已成为历史的陈迹。今天的女孩子读《牡丹亭》，当然不可能再唤起如俞二娘、商小玲、冯小青那样五内摧伤的心灵共鸣，也不会有像林黛玉那样撼魄警心的感受。但《牡丹亭》的全本或单折至今还在不断演出，它仍然能够活在社会主义的舞台上，仍然能够打动人心，对我们具有认识的和审美的价值。

一部充满幻想，描写贵族少女同青年书生爱情关系的剧作，在封建社会里引起了各阶层读者的强烈反响，至今仍然保有它的艺术生命力，这当然不是无缘无故的。《牡丹亭》以青年男女的爱情为题材，却不以表现男女性爱为目的，它通过杜丽娘和柳梦梅由梦生情、因情而死、死而复生、终得团圆的曲折过程，歌颂了青年男女真挚的爱情和对自由幸福生活的执著追求，揭露和批判了封建礼教的残酷和罪恶，表现了丰富的社会内容，跳动着时代的脉搏。鲜明而强烈的反封建精神，植根于历史和现实的土壤之中，是《牡丹亭》艺术生命力的根本所在。

（三）

《牡丹亭》强烈的反封建精神，首先表现在剧本对女主人公所生活的典型环境作了真实而富于时代特征的艺术描绘上。

剧中的男主人公柳梦梅，在第二出《言怀》中即已登场，但在“自报家门”并唱了一番将来要登科发迹的理想以后，即一闪而过，直到第十出《惊梦》才再次出场，在那如水中月、镜中花一样朦胧的梦境中倾诉对杜丽娘的爱情。其间，剧本用了大量的篇幅去描写女主人公杜丽娘的身世、家庭、教养、环境，并揭示出由此而形成的人物的思想性格和内心世界。这样的艺术构思和结构安排，表明了剧作者对他所反映的社会生活（亦即剧中人物所处的历史环境）有着非常清醒的认识；表明了他非常重视爱情同人物思想性格的关系，非常重视人物的思想性格同环境的关系。也即是说，剧作者不只是写了爱情，而且写了爱情是在怎样的环境条件下产生和发展的，揭示出爱情与环境的矛盾。

原来，美丽而苍白的爱情之花，是生长在一个完全不适合、不允许它生长的土壤之中。这是一种不合时宜的爱情。汤显祖在我们面前非常出色地展现了一个阴暗而又冷酷无情的世界。他描绘出一种与爱情对立而又统一的、不可分割而又极不和谐的时代气氛。他写出了弥漫于那个社会之中的迫人的气压。很明显，作者写爱情，歌颂爱情，其着意处却在揭露和抨击摧残爱情的封建压迫。这种压迫，不同于我们在元杂剧《窦娥冤》和小说《水浒传》一类作品中所见到的那种政治压迫，而是思想和精神的压迫，亦即理学的和封建礼教的压迫。精神压迫不像政治压迫那样常常染着可以看得见的血污，但它无所不在，渗透在日常生活之中，也渗透于人物的内心世界。其残忍酷烈，不在常常令人惨不忍睹的政治压迫之下。

我们现在来看看作者所写的杜丽娘生活的环境，看看在她的周围给予她的生活和思想以巨大的影响的，是些什么样的人物。

除了男女主人公之外，剧中着笔较多的是杜丽娘的父亲杜宝。他在剧中是封建势力的主要代表。他是一个正统的封建官僚，严格遵守封建礼教的一套规范，并按照这种规范的要求去塑造自己的女儿。在他眼里，诗书女红乃是名门闺秀的必修功课。他说："看来古今贤淑，多晓诗书。他日嫁一书生，不枉了谈吐相称。"（《训女》）因此，他要杜丽娘读"孔子诗书""略识周公礼教"。他的理想是要将女儿培养成像东汉的班昭和晋朝的谢道韫那样的贤淑之女，以便"他日到人家，知书知礼，父母光辉。"（《训女》）"知书"是为"知礼"，是为培养性情，铸造灵魂。要儿女读书，而有些书是不让读的。他说："《书》以道政事，与妇女不相干"，"其余书史尽有，只可惜她是个女儿。"（《延师》）在延师就学以前，囿于父教，杜丽娘就已经"男女《四书》"都能成诵了。那么，为什么还要为女儿延师呢？杜宝说得非常明白："我请陈斋长教书，要她拘束身心。"（《诘病》）所以开学第一课，便是从"开首便是后妃之德”的《诗经》讲起的。所谓“拘束身心”，就是用一套封建教条去扼杀一个活泼泼的少女的青春与心灵。这便是杜宝为自己的女儿所铺设的生活道路。而迂腐可笑的塾师陈最良，便是杜宝特意请来的杜丽娘生活的领路人。

陈最良是一个迂阔而又顽固的腐儒，他除了诗书教条，别无所知，也别无所求。他按照孟夫子“求其放心”的教条来修炼自己，也用它来教训和管束学生。他心如死灰，差不多连一丝活气也没有。听说杜丽娘要游园伤春，他竟然大惊失色，大惑不解，对春香说：“你师父靠天也六十来岁，从不晓得个伤春，从不曾游个花园。”（《肃苑》）单是这么一句话，这个人物就够令人感到可悲、可怜亦复可叹的了。而这样一个人，竟然是特意请到家里来铸造杜丽娘灵魂的老师。因此，他用来在饮食起居、行为举止方面拘束杜丽娘身心的，就是诸如“凡为女子，鸡初鸣，咸盥、漱、栉、笄、问安于父母”（《闺塾》）以及“论娘行，出入人观望，步起须屏障”（《肃苑》）等从《礼记》和《闺范》一类书里搬来的教条。伴读的丫头春香对此曾给予一针见血的揭露：“昔氏贤文，把人禁杀。”（《闺塾》）“把人禁杀”也就是杜宝所说的“拘束身心”，只是由于两人立场不同，因而所用的语言和所表达的思想倾向便很不一样罢了。

杜丽娘的母亲杜夫人，是一个深受封建礼教毒害的慈母形象。她虽曾被杜宝指责为“纵女闲游”，但其实对女儿的管束和防范是极严的。她这样训诫春香和丽娘：“凡少年女子，最不宜艳妆戏游空冷无人之处。”“女孩儿只合香闺坐，拈花剪朵。问绣窗针指如何？逗工夫一线多。更昼长闲不过，琴书外自有好腾那。”（《慈戒》）这跟杜宝将诗书女红规定为女儿的必修功课，“假如刺绣余闲，有架上图书，可以寓目”（《训女》）的教训毫无二致。作为一个女性长者，她对女儿的观察和防范更加细微深入，甚至看见丽娘裙衩上绣着成双作对的花鸟，也禁不住引起她的骇怪和警惕。她使用的语言跟迂腐的陈最良差不多，她在思想本质上跟顽固的杜宝没有两样，只是所谓“严父慈母”，在表现形式上有些不同罢了。她自己就是封建礼教的牺牲品，在严酷的封建伦理道德的“拘束”中埋葬了自己的青春，如今却又按照杜宝的意旨和封建礼教的要求，用同一套东西来毒害和埋葬自己的女儿。她爱女儿，却又摧残她、害她；害她，却又不自知，还以为是在真心实意地爱她。杜夫人是封建社会中无数未觉醒的老一辈妇女的艺术概括。这是一个悲剧型的人物。正是从这带有浓重悲剧色彩的“慈戒”里，作者预示了生活为杜丽娘安排的不幸命运。

一个青春年少的姑娘，如果生活为她准备了良好的条件，使她能得到正常的发展，她应该是天真活泼、充满活力的。然而杜丽娘却被整日拘禁在绣房和书塾之中，不仅与社会隔绝，而且与充满生机的大自然隔绝，连一丝春天的气息也呼吸不到。甚至连刺绣累了白天在自己的闺房里打一个盹儿，也被目为有背家教的非礼行为，杜夫人也因此招来“娘亲失教”的罪名。仅此一点，即不难想见贵族小姐杜丽娘的内心世界是多么的狭小、空虚和苦闷。娇贵而养尊处优的小姐生活，不啻是人间地狱，精神的牢笼。

这就是《牡丹亭》所揭示的杜丽娘的家庭、教养、环境。这是汤显祖为我们展示的一个时代，一个没有人情味的令人窒息的时代，一个“存天理，去人欲”的时代。杜丽娘就生活在这样一个时代环境之中，她和柳梦梅的爱情就是在这样薄瘠而布满荆棘的土地上萌生出来的。从表面上看，《牡丹亭》并没有着意去展示青年男女的爱情和爱情破坏者之间的直接冲突；但是这种环境与人的个性自由、人的正常合理的生存权利之间的冲突，却体现了更加深刻和广泛的社会意义，更富于时代色彩。

（四）

《牡丹亭》强烈反封建精神，还突出地表现在剧本准确地、合乎生活逻辑地刻画出杜丽娘的思想性格上。作者是怀着热烈的爱和深深的同情来塑造这个美丽动人的艺术形象的。杜丽娘是中国古代小说戏曲反抗女性的艺术画廊中独具异彩的一个形象。她具有区别于其他同类型人物的独特的思想意义和美学意义。这不仅表现在这个形象的时代特征上，而且也表现在与时代条件密不可分的人物的个性特征上。

汤显祖以极大的热情刻画了杜丽娘的反抗性格，赞颂了她执著地追求个性自由和爱情理想的斗争精神。剧作者将她塑造成一个不但是美的而且是具有思想力量的形象。他不满足于描写杜丽娘的才貌双全和温柔的性格（这仅仅是旧小说中司空见惯的平庸的大家闺秀），而是着力地去揭示杜丽娘的内心世界，揭示她那由特定的环境、身份形成而又跟她的环境、身份很不和谐的灵魂深处的隐秘。作者写她的空虚、寂寞、苦闷，写她对贵族风范家教的不满，写她对“拘束身心”的闺中生活的怨恨，写她对大自然景物的热爱，写她对自由生活和美的憧憬，总之是写一个不安分的反抗的杜丽娘。当春香向她露泄一点有“流觞曲水”和“名花异草”的后花园的春光时，她竟忘了贵族小姐的身份和平日里父母的严训，不禁失声发出如此的惊叹："原来有这等一个所在！"（《闺塾》）游园伤春是惊梦幻境的现实基础。出于一种萌发于深心却是强烈而不可压抑的对于封建礼教的不满，她无限向往那生意盎然的三春好景。杜丽娘不同于头脑僵化的杜宝，也不同于心如死灰的陈最良，她的内心含蕴着对生活的执著的爱。因此在杜宝和陈最良看来是宣扬后妃之德的《关雎》，却意外地"讲动"了杜丽娘的"情肠"，唤醒了她蛰伏的青春。花园中迷人的春色跃动着生命的活力，清新的空气一下子注入了这个自幼为封建礼教窒息的贵族少女的心灵："不到园林，怎知春色如许！"她发现了一个诱人的新的世界，惊喜之余又不禁发出哀叹："春呵，得和你两留连，春去知何遣？……吾生于宦族，长在名门。年已及笄，不得早成佳配，诚为虚度青春，光阴如过隙耳。"（《惊梦》）作者脉络分明、极有分寸地写出了杜丽娘青春的觉醒和朦胧的个性解放的要求。在封建礼教的严酷拘禁下，几乎与世隔绝，连白天打个盹都要受到斥责的杜丽娘，竟然背着父母偷偷地游园伤春，以至于惊梦，与一个青年男子发生爱情，这实在是无视礼法，大逆不道的行为。毫无疑问，在不适宜、不容许生长爱情的土壤里偏偏要萌生爱情，这种对正常人生活的自然而又合理的向往与渴求，本身就是对封建礼教的一种蔑视和反抗。它表明了人的青春和生命是富于活力的，礼教的压迫纵然十分严重酷烈，也并不那么轻易地就会被埋葬和扼杀。生活在中国16世纪黑暗王国之中而不甘沦亡的广大被压迫妇女的心声，在汤显祖的笔下，由一位被春天唤醒了的贵族小姐的口中呼喊了出来。"这般花花草草由人恋，生生死死随人愿，便酸酸楚楚无人怨。"（《寻梦》）这是杜丽娘对自由生活的憧憬，对美好理想的追求。杜丽娘从心灵深处发出的呼喊，虽然凄苦哀怨，却深沉有力。在这里，人们清晰地听到了那个时代的社会思潮的回响。杜丽娘形象所包含的历史内容和激动人心思想力量，主要就在于此。

然而这仅仅是一个方面。杜丽娘对封建礼教的反抗是大胆的，从她跟柳梦梅爱情关系发展的曲折过程看，甚至可以说是坚韧的，但却缺乏一种明快爽朗的色调。从她的反抗行动和反抗性格中，我们分明地看到那个令人压抑的、不自由的时代在杜丽娘的思想性格上投下的暗影。作者虽然在剧中采用了大胆想象的艺术手段，但他对人物性格的把握和刻画却是严格地符合历史的，是现实主义的。人物不能超越历史而存在、活动；现代的读者不能用今天的眼光和标准去理解、看待和要求杜丽娘的反抗精神。

杜丽娘是一个热情大胆的反抗女性，但她同时又是一个生活于理学统治的中世纪的贵族妇女。她不能脱离她的时代，也不能脱离她的阶级。她的反抗采取了不同于他人的形式，带有为她所独具的特征。她在反抗道路上的每一个行动，几乎都拖带并晃动着那副沉重的精神镣铐。非常熟悉又非常爱护杜丽娘的贴身丫头春香，这样评论她的小姐："看她名为国色，实守家声。嫩脸娇羞，老成尊重。"（《肃苑》）这是一个相当准确的概括，道出了杜丽娘思想性格的一个值得注意的重要特征。

春香在剧本的前半部是一个十分生动活跃的人物，但她在剧中的地位和作用却不同于《西厢记》中的红娘。从艺术表现的角度看，春香虽然也起到促进戏剧情节的发展和穿插钩连的作用，但更主要的作用还在于提供形象和性格的对比。剧作者有意地突出和渲染春香那种大胆、泼辣、爽朗的性格，在对比映衬中，毫不掩饰地表现出封建礼教对杜丽娘思想和行动的束缚。这突出地表现在《闺塾》和《肃苑》两出中。在陈最良开馆教学的第一天，两人进馆稍迟，招来老师的训斥："如今女学生以读书为事，须要早起。"春香当即针锋相对地投以尖刻的嘲弄："知道了。今夜不睡，三更时分，请先生上书。"而杜丽娘却是恭谨地回答："以后不敢了。"对于陈最良迂腐可笑的解诗，春香是无所顾忌地打趣、嘲笑，弄得师父狼狈不堪，无词以对。而杜丽娘却是彬彬有礼、轻言细语地说："师父，依注解书，学生自会。但把《诗经》大意敷演一番。"只是含而不露地透出一丝不满。她分明跟春香一样怨恨那枯燥无味、拘束身心的读书生活，而向往于"花明柳绿"的美好春光，但当春香偷偷地进入后花园而引起陈最良的恼怒时，她却斥责春香："死丫头，唐突了师父，快跪下。"半真半假地训诫她："手不许把秋千索拿，脚不许把花园路踏。"甚至还拿"夫人堂上那些家法"来进行威吓。而待师父一走，却又迫不及待地问："花园在那里？"听春香说景致十分优美时，又情不自禁地表露出心中的向往之情。春香有意挑逗诱导，问她读书困闷时如何消遣，她是"一会沉吟，逡巡而起"。心有所向往而口不愿说、不敢说。当春香终于捅破那层纸，直说出"到后花园走走"时，她竟然娇骂一声："死丫头，老爷闻知怎好？"春香提醒她老爸早已下乡，她于是"低回不语者久之，方才取回历书选看"游园的佳日良辰。这一切，都精细入微地揭示了杜丽娘复杂矛盾的内心世界，准确地刻画了一个有朦胧的个性解放要求却又承受着过重的精神压力的贵族小姐的思想性格。看她忸忸怩怩，半推半就，含蓄而近于矜持，娇羞而近于怯懦。这就是杜丽娘独具个性的反抗与追求。她有怨恨，有不满，她在追求光明与自由，然而步履维艰，每迈出一步都是那样的沉重与困难。反抗与追求，跟思想上封建礼教的重重束缚相抵触，构成了杜丽娘内心世界的深刻矛盾和苦闷。但她又毕竟是一个勇敢的反抗者，她以一个长期被禁锢的娇弱孤寂之身，敢于冲破牢笼，进入到一个春光明媚的世界，主动大胆地去追寻被人间长久地遗弃了的幸福。更可贵的是，杜丽娘在不断的追求和反抗中，逐渐地克服着内心的矛盾，挣脱封建礼教加在她身上的枷锁。

歌颂杜丽娘反抗封建礼教，却处处写她受到封建礼教的束缚，不回避自幼的家庭教养打在她身上的鲜明烙印。这样写，不仅是真实的，而且是深刻的。通过这个没有被简单化的血肉丰满富有时代感的艺术形象，读者更能感受到封建礼教的罪恶。对于杜丽娘思想性格的这种严格地符合于现实主义原则的刻画，应该说是汤显祖在思想和艺术创造上的一个杰出成就。

（五）

我们在分析和评论《牡丹亭》的反封建意义时，不能不触及到汤显祖创作这个剧本的思想基础。前面说过，汤显祖是反对程朱理学的。他提倡人要有真性情，而反对假道学。他将人自然具有的真实的“情”和道学家提倡的虚伪的“理”对立起来，以“情”来否定“理”，强烈地反对道学家的禁欲主义。有人劝他讲学，他回答说：“诸公所讲者性，仆所言者情也。”[①] 他在《寄达观书》中说：“情有者理必无，理有者情必无。”[②] 这就是汤显祖创作《牡丹亭》的思想基础。

爱情题材是我国古代小说戏曲中的传统题材。但是相同的题材却可以表现出不尽相同的思想。每一位名垂后世的作家都必然在他的作品中提供前代作家所没有或很少提供过的东西，也即是提供属于他那个时代的新的思想。这是时代对作家的要求，也是时代对作家养育的结果。古代小说戏曲描写青年男女的爱情，大都不能突破才子佳人、郎才女貌的窠臼。应该说，《牡丹亭》也基本上是如此。但它也表现了新的因素，有新的思想特色，这就是汤显祖突出地加以描写并热情地讴歌的那个“情”。在剧中，“情”是作为“理”的对立物而出现和被强调的。当时曾给予汤显祖以极大影响的“泰州学派”，认为日用饮食、男女生活之私都是属于自然本性的要求，是自然之理，与“存天理，去人欲”的口号针锋相对，肯定了“天理即在人

① （清）朱彝尊：《静志居诗话》卷十五。

② （明）汤显祖：《寄达观书》，《汤显祖诗文集》卷四十五，第1268页。

欲”中。汤显祖在剧本中满腔热情地歌颂“情”，猛烈地抨击“理”，是这一进步的时代思潮在文学艺术中的表现。汤显祖是以戏剧作为武器，投入到进步思想家反对理学统治的斗争之中。因此，剧中所写的“情”，按狭义的理解是指男女爱情；按广义的理解则是指人的自然本性，七情六欲，亦即合理的生存要求。

在《冥誓》一出中，柳梦梅问杜丽娘的幽魂：“因何错爱小生至此？”丽娘先是答：“爱你一品人才”；接着又说爱的是他“情倾意惬”，“看上你年少多情，迤逗俺睡魂难贴。”杜丽娘对柳梦梅也同样是一片真情。这情被作者赋予异乎寻常的神奇力量。它可以超越生死：“前日为柳郎而死，今日为柳郎而生。”剧中人物不止一次地这样唱：“生生死死为情多”（《魂游》），“死里淘生情似海”（《婚走》）。作者极力渲染和热情歌颂一个“情”字，是很自觉的。他在《牡丹亭·题词》中写道：

> 如丽娘者，乃可谓之有情人耳。情不知所起，一往而深。生者可以死，死可以生。生而不可与死，死而不可复生者，皆非情之至也。……第云理之所必无，安知情之所必有邪！

《牡丹亭》所热情肯定和歌颂的，就是这种为之生，为之死，出生入死，起死回生的天下之“至情”。这种“至情”正是《牡丹亭》所提供的带有时代色彩的新思想。因为汤显祖的时代，是一个虚伪残酷的理学统治的时代，是人的合理的生活、正常的欲望和感情遭到限制、压抑和扼杀的时代。单就男女爱情婚姻关系来说，在明代就有无数妇女被节烈观念摧残至死，节妇烈女之多超过前代。据《明史·列女传》载，仅“著于实录及郡邑志者，不下万余人。”汤显祖肯定和歌颂“情”，是为了否定和批判“理”。《牡丹亭》反封建的进步意义，主要的并不是表现在要求婚姻自主上，而是表现在对于青年男女间正常的合理的爱情的肯定和对于摧残扼杀这种美好事物的封建礼教的否定上。正由于此，《牡丹亭》虽然写的是一个贵族小姐和青年书生间生死离合的爱情故事，但它对封建礼教的批判和否定，符合人民的利益和要求，表达了广大被压迫妇女的强烈愿望，表现了反理学的进步的时代潮流。《牡丹亭》所表现出的这种民主性和人民性，正是它一出现就受到热烈欢迎，得到强烈的反响，其艺术生命力历久而不衰的根本原因。

应该指出，生活在16世纪末和17世纪初的汤显祖，在当时不可能提出新的社会理想，他和“泰州学派”的思想家们一样，用来批判理学的武器，不过是一种人性论的思想。剧中所写的那种超越生死的“至情”，也只是一种带有神秘色彩的幻想，在现实生活中是不存在的，也是不可能实现的。剧本能唤起遭遇相似者的共鸣，也能给予她们一定的激励和鼓舞，然而生活在现实世界中的千千万万杜丽娘式的不幸者，在看了《牡丹亭》之后，到底也不知道该怎样才能争取到实实在在的爱情、自由和幸福。传说中许多酷爱《牡丹亭》的女子，终因自己的爱情和自由幸福的被毁灭，在读《牡丹亭》后，抑郁断肠而死，并不是偶然的。可见，即便在汤显祖的时代，这种天下之“至情”就有很大的局限性。在今天，如果有谁再来提倡这种“至情”，甚至学习杜丽娘，为情而生，为情而死，那就是忘掉了时代，变成十分愚昧和荒唐可笑的了。

（六）

在中国戏剧史上，《牡丹亭》是一部浪漫主义的杰作。大胆而又奇异的想象，构成了这部浪漫主义戏剧最主要的艺术特色。但是，梦境、幽冥世界、人死而可以复生等艺术世界和奇幻情节的创造，并不只是一种单纯的艺术手法的运用。从根本上说来，《牡丹亭》中浪漫主义的艺术描写，决定于剧本所反映的特定的生活内容，决定于由特定的历史条件所造成的理想和现实的矛盾。在剧本中，大胆奇异的浪漫主义想象，跟扎实而深刻的现实主义描写并不显得矛盾和不协调，相反，两方面相互依存，构成了一个不可分割的艺术整体。

浪漫主义通过幻想去描写在现实生活中不可能出现或者作者所希望出现的事物，以寄托作家的社会理想。在幻想的世界，作家可以自由地驰骋他的想象。法国浪漫主义大师雨果曾说：“总起来讲，浪漫主义，其真的定义不过是文学上的自由主义而已。”① 这是一方面。雨果同时又说过：“诗人可以有翅膀飞上天空，可是他也要有一双脚留在地上。”② 浪漫主义的幻想是自由的，又是不完全自由的。一切真正艺术作品中的奇思异想，都不是完全不受现实生活制约的作家随心所欲的凭空杜撰。

---

① ［法］雨果：《〈天神〉序》，转引自［法］雨果著，柳鸣九译《〈欧那尼〉序言》，见古典文艺理论译丛编委会编《古典文艺理论译丛》第2册，人民文学出版社，1961年，第121页。

② 段宝林编：《西方古典作家谈文艺创作》，春风文艺出版社，1980年，第375页。

杜丽娘和柳梦梅爱情的产生和发展，经历了一个曲折的过程，并表现为一种极为特殊的超现实的幻想形式。这也是由时代条件决定的。

在旧小说戏曲中，到处可以看到一见钟情式的爱情，这似乎已成了一种俗套。其实这是特定历史条件下的产物。生活在封建时代的青年男女，受到森严的礼教的阻隔，没有像今天能在长期接触、互相了解的基础上产生爱情的社会条件，因而一见钟情便成为一种自然、合理而且非常普遍的现象。但是杜丽娘的生活环境，却连“一见钟情”的条件也没有。在她的周围，除了顽固的父亲杜宝和迂腐的塾师陈最良，她没有跟异性接触的任何机会。于是便出现了《惊梦》所写的那种更为特殊的形式：梦中相爱。这是由内心的渴求而发生的一种虚幻的境界。然而好梦不长。醒来以后，热恋的情人像烟雾一样地飘散，无踪无迹，留下的照旧是包围着她的冷冰冰的世界。于是有《寻梦》。寻梦就是对理想的追求。然而梦哪里能寻？寻梦不着，因情而病，感病而死。表面上看来，杜丽娘之死是由于一个痴情女子得了莫名其妙的相思病；仔细想想，就知道她实际上是被封建礼教拘禁压迫而死的。人死了，但是青春和爱不死，活的生命附丽到本来并不存在的幽魂上。于是又有《幽媾》。人和鬼（富有人情的、美的鬼）之间实现了爱的结合——一种为人间所无而为人们所普遍渴求的结合。而后是死而复生，回到现实世界，又经历了种种磨难曲折，最后才得以团圆结束。《惊梦》《魂游》《幽媾》和《回生》等出中的情节，纯属虚构，在现实世界中是绝然不可能有的。但它并没有离开生活的土壤，不是凭空捏造，而是对于现实世界的一种虚幻的曲折的反映。

虚幻的世界和现实的世界在剧中形成鲜明的对比。男主人公柳梦梅这样唱出他的真切感受：“叹书生何幸遇仙提揭，比人间更志诚亲切。”（《冥誓》）杜丽娘的幽魂与柳梦梅相爱是那样的主动、大胆、热情，不受拘碍，而一旦复生就重新受到束缚。柳梦梅求她“便好今宵成婚配”，杜丽娘竟搬出“必待父母之命，媒妁之言”的古训来，说什么“前夕鬼也，今日人也。鬼可虚情，人须实礼”（《婚走》）。可见，只有在幻想的世界里，她才可以跟自己的情人自由地接触，才可能真正挣脱精神的枷锁去热烈地相爱。相比之下，更显得现实世界是多么的不合理，多么的冷酷无情，多么的可诅咒！显而易见，幻想的世界产生于对现实世界的强烈不满，并且是为抗议和否定（某个方面和某种意义上的否定）现实世界而存在的。这就是《牡丹亭》浪漫主义的幻想产生的依据和它合理性的基础。它是大胆、虚幻甚至是荒诞的，但它的产生和存在又完全合乎情理。可以说，《牡丹亭》的浪漫主义幻想是以一种超乎寻常而又为人乐于接受的特殊形式，反映了历史的某些本质方面。艺术现象有时就是这样地不可思议：唯其虚幻——假，所以才真。只有从这里，我们才能理解《牡丹亭》浪漫主义幻想的全部积极意义。

不仅是从全剧，而且也从浪漫主义奇丽想象本身，我们看到了诗人在艺术天空中飞翔的翅膀，也看到了他留在现实的地上的一双脚。

（七）

《牡丹亭》采用的是我国古典戏曲中的传奇体制，这是明清两代极为盛行的一种戏曲形式。传奇与盛行于元代的杂剧，在音乐、结构、角色等方面有许多不同，但作为供演唱的戏曲，两种体制都主要由宾白和曲词两部分组成，而且是演进戏剧情节和刻画人物形象的主要手段。宾白是散体，由演员道说；曲词是一种跟曲谱相配合的有韵诗体，供演员演唱。《牡丹亭》的曲词优美动人，具有抒情诗的特色。汤显祖以诗的语言，诗的手法，创造出诗的意境，完成了重大的社会主题的表现。《牡丹亭》是一部真正的诗剧。

含蓄蕴藉、富有诗意的曲词，在揭示女主人公杜丽娘复杂的内心世界方面，有着特殊重要的意义。它往往将人物与环境，主观与客观，和谐地融合在一起。《惊梦》中的曲词，脍炙人口，历来被人广为传诵。下面举出两支，试作分析，以见出《牡丹亭》诗剧的特色。

杜丽娘在游园以前，对镜整妆，在赞了一句“好天气也！”以后，接唱一支《步步娇》：

袅晴丝吹来闲庭院，摇漾春如线。停半晌，整花钿。没揣菱花，偷人半面，迤逗的彩云偏。（行介）步香闺怎便把全身现！

这是《牡丹亭》中最优美的曲词之一。大自然的景色，人物的思想感情，熔铸成一种明丽雅洁的艺术意境。对于杜丽娘的心境意绪，传达得惟妙惟肖，细致入微。晴空里轻柔地飘荡的游丝，是三春时节最富有特征景象。“闲庭院”的“闲”字，给人以一种空寂无人之感，这是伤春感怀的杜丽娘的眼中的庭院，带有她特有的感受。“闲”是说的庭院，也是说的她的心境。不是孤寂苦闷，不是“闲”，也是很难注意及那空中飘动的游丝。可是这位怀春的少女，恰从这飘忽无定的游丝上看到了摇荡的春光。仅仅这两句，看似对三春景象的随意点染，却在刻画人物上起了很重要的作用。从她对大自然春光的敏锐感受中，已隐然传达出她内心里被春光唤起的青春的朦胧的觉醒。诱人的春色使人无限向往，她该有一种欢悦的心情。可是这家教极严的深闺女子，内心却充满徬徨和矛盾。“停半晌”三个字耐人寻味。在这里留下了一段时间的间歇。春光如此明媚诱人，但主人公不是急不可耐、敏捷快速地打扮好马上出发，她反倒暂时停下来了。这间歇是以静写动。行为上的静，正显示了内心里的不平静。她也许又想起了“女孩儿只合香闺坐”“琴书外自有好腾那”的家训吧；也许耳畔正响起陈最良的声音：“论娘行，出入人观望，步起须屏障。”由香闺到后花园，咫尺之近，可杜丽娘要迈出这一步，却需要鼓起很大的勇气哩！“停半晌”，是她内心里犹疑和彷徨的表现。然而春色撩人，春情难禁，她在稍一迟疑以后，便又动手整理花钿了。她真是一个有勇气的女孩子。可是，突然间镜子里照出她华艳的半面娇容，意想不到地竟使她吃了一惊，这一下竟逗弄得她羞答答地手脚无措，连头上美丽的发髻也给弄歪了。她分明是自己对着菱花镜在梳妆打扮，却感觉得这多情的镜子在偷看她的面容，以至弄得她心慌意乱，怪不好意思了。这是一种非常微妙的心理状态，十分奇特，却又完全合乎人物的身份和规定情景。“步香闺怎便把全身现！”由此她进而感到，作为一个贵族小姐，要将自己抛露在一片春光之中，这未免大胆得有些近于放肆了。你看，一支短短的曲子，鸣响着和美的声情韵调，将一个热爱生活、热爱大自然而又受着礼教严重束缚的贵族少女那种顾影自怜、含情脉脉而又娇艳羞涩的心理和神态，传神入妙地刻画出来了。我们不能不惊叹汤显祖高超的艺术手笔！

到园中一看，果然是一片艳丽春色。赞叹之情，不禁脱口而出：“不到园林，怎知春色如许！”然后唱《皂罗袍》：

原来姹紫嫣红开遍，似这般都付与断井颓垣。良辰美景奈何天，赏心乐事谁家院！（恁这般景致，我老爷和奶奶再不提起）（合）朝飞暮卷，云霞翠轩；雨丝风片，烟波画船——锦屏人忒看的这韶光贱！

这支曲子以景写情，表现的是杜丽娘发诸深心的叹息和怨恨。在未进入花园以前，她向往明媚春光，心中虽有犹疑，却是欢愉喜悦的。及至置身于百花盛开的优美景色里，却反而勾引起无限的心事，只剩下一腔惆怅情怀了。因为这大好的春光触动了她年华虚度、青春易逝的愁肠，她只有伤感、悲叹，再无心绪去观赏美丽的春色了。“姹紫嫣红”与“断井颓垣”是截然相反的景象，放在一起，形成强烈的对照，正好表现出人物此时此地的特殊的心情。她于极艳丽极热烈的春景之中，突然产生一种荒凉寂寞之感，显然是跟她长期受拘禁而徒然渴望幸福的不幸遭遇有关的。“良辰美景”和“赏心乐事”，本来是十分美好的景象和令人满意的事情，但“良辰美景”而值“奈何天”，“赏心乐事”而不知是“谁家院”，不能不引起心中的无限惆怅。接下去，化用王勃《滕王阁诗》中的句子，写云霞、风雨、烟波、画船，也都是美好的景色和事物；这是眼前景物的扩大，不一定是实写，但以此来逼出那句充满怨恨的“锦屏人忒看的这韶光贱！”——一个绣阁珠帘中的深闺女子，长期不能跟大自然接触，实在是太不珍视爱惜这美好的春光了。这里的景是杜丽娘眼中之景，心中之景，景中有情；从景物的变化、发展，细致地揭示了主人公由惊喜而变为苦闷惆怅的复杂的心理过程。这样充满了诗情画意，细致地表现了剧中人物内心思想感情的曲词，确如汤显祖同时代的王骥德在《由律》中所说：“妙处种种，奇丽动人。”

《牡丹亭》的戏剧语言，一方面保有元代杂剧语言来自口语的自然真切的本色，同时又融进了六朝词赋、唐诗、宋词典雅绮丽、含蓄蕴藉的风格。有浅有深，有浓有淡，有雅有俗，铸造成一种富于诗的特质的戏剧艺术语言。上举的两支曲子，是描写贵族小姐的感情世界的，偏于深、浓、雅的一面，它能描绘出真实的环境气氛，又能刻画出人物细微的内在心理，读来回肠荡气，给人以一种美的艺术享受。但《牡丹亭》的语言也有失于过分艳丽典雅之处，有时着意锤炼，加以使用冷僻的典故，结果是徒费经营，反失明爽，现代的读者阅读时常常会碰到一些晦涩难懂的地方。

（八）

《牡丹亭》既然是历史的产物，也如同其他的历史现象一样，在思想上存在着由客观历史条件所带来的缺陷和不足。在阅读和评价《牡丹亭》时，正确地认识和估计这种缺陷和不足之处，是很有必要的。

“梦中之情，何必非真？”或许正因为这种超越生死的“至情”过于飘渺神秘，所以，为要使主人公在现实的世界中也能最终得以团聚，作者就还需要别求途径。

汤显祖虽然属于那个时代的先进思想的代表，但他毕竟是那个已经逝去的时代的人物。正像他笔下的人物一回到现实世界就不大自由一样，剧作者本人在为剧中人物安排出路的时候，表明了他自己也同样受到封建思想的羁绊。

第二出《言怀》，写柳梦梅忽然做下一梦，“梦到一园，梅花树下，立着个美人，不长不短，如送如迎”，对他说：“柳生，柳生，遇俺方有姻缘之分，发迹之期。”这不只是为了说明“梦梅”得名的由来，还为了给主人公安排命运，为后文的情节发展张本。在《惊梦》中，写花神上场后道：“吾乃掌管南安府后花园花神是也。因杜知府小姐丽娘，与柳梦梅秀才，后日有姻缘之分。杜小姐游春感伤，致使柳秀才入梦，咱花神专掌惜玉怜香，竟来保护他，要他云雨十分欢庆也。”在《冥判》中，写胡判官在查了“婚姻簿”以后说：“有个柳梦梅，乃新科状元也。妻杜丽娘，前系幽欢，后成明配，相会在红梅观中。不可泄漏。（回介）有此人和你姻缘之份。我今放你出了枉死城，随风游戏，跟寻此人。”一再强调这种命中注定的“姻缘之份”。宿命论的思想明显地影响到全剧的艺术构思。强调命中注定，作者的目的本是为男女主人公的最终团聚找到一个非人力所能改变的合理的基础。然而其结果，却与剧作者的初意相反，它大大地冲淡了主人公反抗封建礼教的斗争精神，减弱了剧本对现实生活进行批判的锐利锋芒。

其次，杜丽娘和柳梦梅仍然走着《西厢记》中张生和崔莺莺走过的那条老路——功成名就，团圆成亲。功名富贵的庸俗思想，同样纳入了全剧的艺术构思的整体之中，而不单纯是一个结局的安排。柳梦梅一上场，就抒发他“必须砍得蟾宫桂，始信人间玉斧长”（《言怀》）的怀抱；杜丽娘在自画像上题诗：“他年得傍蟾宫客，不在梅边在柳边。”（《写真》）几句唱词，直射剧终。追求功名富贵，实现夫贵妻荣，这是他们的生活理想，也是他们爱情的归宿。功名富贵既是他们在现实世界（在幻想世界中可以不受此局限）中争取得到封建统治者承认以实现美满结合的一种手段，同时也是他们的生活目的。

末一出《圆驾》，那个超迁相位、身份显赫的大官僚杜宝坚持必须“门当户对”，问女儿“看上柳梦梅什么来”？那时杜丽娘已稳坐了状元夫人的宝座，便乐不可支地唱道：“是看上他戴乌纱象简朝衣挂，笑，笑，笑，笑的来眼媚花。”读者在这里看到的不是美，而是闻到了一股庸俗气息。剧终的大团圆，并不是民主思想对封建思想的最后胜利，而是适应于地主阶级的需要，在封建思想的基础之上的大妥协，大融合。因此，从本质来说，杜丽娘和柳梦梅的最终结合，并没有超出封建婚姻的范围，连思想没有丝毫改变的顽固派杜宝也是可以、甚至是乐于接受的。最后由皇帝下旨，敕赐团圆，也只是水到渠成，顺水推舟，并没有违背杜府这个大官僚家庭的利益和荣誉。剧中的主人公有那样的思想情趣并不奇怪。对于生活在16世纪的汤显祖来说，作这样的艺术处理，实在也是无可如何的事。他要使剧中的人物在现实世界中也实现团聚，而不愿或不忍将它写成一个悲剧，舍此好像也找不到更好的办法。

一部具有强烈的反封建思想倾向的杰作，它用来对抗和批判封建礼教的有一些东西，却正好跟它要否定的东西属于同一个思想体系。这是多么矛盾的现象啊！然而这是历史。历史还没有为汤显祖提供越出旧轨道的客观条件，他就只能依然在那条路上行进。我们有责任指出时代和阶级带给他的局限，却不能脱离历史去苛求于他。当历史的发展准备好新的客观条件的时候，随后而来的别的作家，就很自然地向前跨进。历史正是这样证明的。《红楼梦》突破了传统小说戏曲爱情婚姻关系上郎才女貌、夫贵妻荣的藩篱，在《牡丹亭》中被肯定的功名富贵思想，却通过薛宝钗的悲剧受到了批判，这都应该当作一种历史现象来考察，而不能单纯地归结为个人的因素。

（原载沈达人、颜长珂编《古典戏曲十讲》，中华书局，1986年8月版）

温州杂剧与中国古典戏曲

中国古典戏曲的发展，从宋元至明清，主要的形式体制有两种：杂剧和传奇。杂剧又称北曲杂剧或北杂剧，最早形成于北方的山西、河北一带；传奇则是由南曲戏文（简称南戏）发展而来，而南戏则源于温州杂剧（又称永嘉杂剧）。一个具体的地方（不是范围较大的地区或地域）产生的戏剧形式，经发展竟蔚为大观，成为影响全国和后世的一种主要戏曲体制，这在中外文艺史上都是并不多见的。近些年来学术界对南戏的发源地有不同的看法，有学者认为南戏的产生受到北宋杂剧的影响，遍及于福建、广东的莆田、仙游、福州、泉州、漳州和潮州等较为广大的地域。不过有一个无可争辩的事实是，据文献资料，现知最早的被称为“戏文之首”的《赵贞女蔡二郎》《王魁》以及《张协状元》等作品，都出自温州人之手；而且温州还成立了命名与当地的地理特征有关的“九山书会”。现在能考知的有好几种早期戏文都是由“九山书会”的才人创作的。因此，选择温州而不是选择其他地方来作为这种戏曲形式的最早命名，绝不是偶然的。温州是南戏发源地的说法不会被动摇。

南曲戏文是与北曲杂剧相对而言的。从演唱的乐曲看，南戏用南方的曲调，杂剧用北方的曲调。曲调的风格和乐曲的组合都是很不相同的。南戏和由南戏发展而来的传奇，其繁荣期虽晚于在元代极一时之盛的北杂剧，但其形成却早于北杂剧。祝允明《猥谈》说：“南戏出于宣和之后，南渡之际，谓之温州杂剧。”大概经过一段时间的发展，到了光宗时期就逐渐成熟、繁盛起来。王国维称“南戏之渊源于宋，殆无可疑。……然其渊源所自，或反古于元杂剧。”（《宋元戏曲考》第十四）温州杂剧无疑与宋杂剧有血缘关系，但更多的还是受到地方民间歌舞和说唱伎艺的影响。温州杂剧最初只是一种地方小戏，由于它能广泛地吸收各种艺术形式（包括北曲杂剧）的经验和营养，因而就逐渐发展成为相当成熟的戏曲形式。

温州杂剧以温州名，其形成和发展确与温州地方的条件有密切的关系。温州为古永嘉郡，具有悠久的历史；又地处东南沿海，经济发展较快；到了宋代，在农业经济发展的基础上商业也得到了长足的发展，成为当时与海内外有广泛物资交流关系的重要商业城市。由于经济的繁荣，到北宋后期，温州已有小杭州之称。北宋时曾任温州太守的杨蟠，在一首诗中这样描写当时温州的繁荣景象："一片繁华海上头，从来唤着小杭州。水如棋局分街陌，山似屏帏绕画楼。是处有花迎我笑，何时无月逐人游？西湖宴赏争标日，多少珠帘不下钩。"①

同时，温州又有传统民间伎艺的深厚土壤。在宋代，东南沿海一带的民间社火活动相当普遍。所谓社火，是指旧时农村村社迎神赛会所扮演的各种杂戏，后来实际上成为群众性的游艺活动。南宋范成大《上元纪吴中节物俳谐体三十二韵》："轻薄行歌过，颠狂社舞呈。"自注云："民间鼓乐谓之社火，不可悉记，大抵以滑稽取笑。"农业和商业经济的发展，自然促使群众娱乐活动的广泛开展，这就使得温州杂剧获得更多的机会吸取南方各地的民间伎艺来丰富自己。

估计至迟到南宋末年，发展得相当成熟的南戏，已广泛地在南方特别是在浙闽一带流传。南宋灭亡以后，随着蒙古统治者的南下，北杂剧传到南方，占据了统治地位；但南戏虽为一般封建文人所轻视，在民间却仍然流传不绝，而且相当活跃，并吸取北杂剧的艺术成分而继续发展。到了元代末年，北杂剧走向衰落，而南戏则兴盛繁荣起来，不仅在南方各地广泛流传，而且远及于北方的大都。与此同时，南戏已不仅在农村搬演，而且在城市中也广泛演出，进而引起封建士大夫的重视。例如元末的高则诚，就以南戏的形式，写成了传奇名作《琵琶记》。有些杂剧作家也从事南戏的创作。

温州杂剧的音乐，最初大概只是以一两首民歌来演唱的。后来就慢慢发展为有丰富的曲调。前人称南戏"不叶宫调"，其实并不确切。南戏自有其宫调，只是每一种曲调属于何种宫调，在最初并没有明确的规范，运用时也没有严格的组合规则。因而南戏的乐曲带有鲜明的民间音乐自由灵活的特色。随着南戏的进一步发展，后来也就有了明确的宫调规范，但在使用上也比杂剧要灵活得多。例如并不像杂剧那样，在一折中要求必须用同一宫调的若干支曲子来组合，而是在同一出中可以使用

---

①（宋）杨蟠：《永嘉》，见北京大学古文献研究所编《全宋诗》卷八，北京大学出版社，1992年，第5050页。

几个不同宫调的乐曲来组合。到后来，北曲杂剧与南曲戏文的交流融合，就产生了所谓“南北合套”的情况，也就是在乐曲的运用和组合上，可以打破南曲和北曲的界限，将本来属于南曲中的曲调同本来属于北曲中的曲调混合联成一套。这时南戏的音乐就显得十分丰富了，但同时仍然保持着来自民间的自由灵活的特色。从总体上看，南曲和北曲的风格差异也是比较明显的。北曲节奏比较急促，声调雄劲有力，而南曲节奏则比较舒缓，声调柔美婉转。

早在宋元时代，南戏就有各种声腔先后在各地民间流行，以后就逐渐发展起来。主要有海盐、余姚、杭州、弋阳、昆山等腔。除失传的杭州腔不计外，其余四种号称南戏“四大声腔”。海盐腔大约在南宋中期即已形成，最初流行于嘉、湖、温、台一带，其风格特色为后起的昆山腔所吸收。余姚、弋阳二腔时代稍晚，大概形成于宋元之间。弋阳腔出于江西，开始在江西、安徽一带流行，后来广泛地流行于北京、南京、广东、福建、湖南等地，并影响及于西南的云、贵。余姚腔出于会稽，流行于常、润、池、太、扬、徐一带。昆山腔晚出，大概产生于元末明初的苏州昆山，但在明代影响极大。特别在嘉靖时魏良辅等人改造了昆山腔原有的曲调和唱法，进行了大胆的革新以后，昆山腔便风行南北，压倒其他各种声腔而成为明清时期传奇剧本创作的代表性声腔。昆山腔的特色是清柔婉曲，细腻优美。在乐器伴奏上，则兼用弦索、箫管、鼓板，打破了以往南北两套伴奏乐器不能相混的成规。

南戏和杂剧，作为两种不同的戏曲体制，其主要的区别，除了在音乐上有南北的不同外，还有以下几个方面：在结构上，杂剧一般是四折加上一个或两个楔子（少数也有五折、六折，或多本连演的如《西厢记》）。而南戏则比较自由灵活，视剧本内容的需要可长可短，短的可以仅有十几出（早期南戏分场，后来才分出），长的则可以有几十出。不过一般都是在三十出到五十出之间，例如《琵琶记》为四十二出，《白兔记》为三十二出，《荆钗记》为四十八出。发展到明清传奇时，长短之间的伸缩性更大，一般在二十出至六十出之间。这种长篇戏曲体制，显然更适合于表现丰富复杂的社会生活，比杂剧的容量更大，表现也更自由灵活。在曲义上，杂剧要求每一折必须一韵到底，中间不能换韵，南戏则可以换韵。南戏曲辞使用的语言为南音，有入声，有些韵部可以通押。在角色行当上，杂剧主要分末、旦、净三大行当，南戏则有生、旦、净、末、丑，分工较细。而在唱腔的分配上，杂剧只能由正旦或正末一人主唱到底，而南戏则可以分由各种角色来演唱。而且不仅有独唱，还有对唱、合唱、轮唱等，更有利于刻画人物性格，揭示人物之间的关系。这些形式体制上的特点当然是逐步形成的，但从温州杂剧到南戏，再发展到明清传奇，就使得这一长篇的戏曲形式，终于发展成为一种适合于表现丰富的社会生活内容的新的戏曲体制，在明清两代压倒杂剧而得到空前繁荣，取得高度的成就。

南戏的剧目应该是十分丰富的，但保存下来的作品不多。据钱南扬的《戏文概论》和刘念兹的《南戏新证》，二书共搜录宋元南戏剧目240多种，但绝大多数都已亡佚。据有关文献资料记载，今天可以确定为宋人作品的有6种:《赵贞女蔡二郎》《王魁》《王焕》《乐昌分镜》《韫玉传奇》和《张协状元》。前5种均已亡佚，因收录在《永乐大典》中而仅存于世的《张协状元》，就产生于温州，据剧中第二场【烛影摇红】中的唱词，可知为温州地区“九山书会”的才人所作。

“富易交，贵易妻”，这是早期南戏作品的重要题材。《张协状元》描写书生张协在微贱时，赴考途中于五鸡山遇盗负伤，病困山庙，受到农村姑娘王贫女的救助。张伤愈后向贫女求婚，贫女初不允，后经人说合，终于结合。张协再次赴试，贫女剪发典钱，资助路金。张协考中状元后，便忘恩负义，决意抛弃王贫女。太尉王德用看中了张协，欲将女儿胜花嫁给张为妻，被张拒绝。胜花抑郁而死。张去后杳无消息，贫女便进京寻访。张协拒不相认，说什么“吾乃贵豪，女（汝）名贫女，敢来冒渎，称是我妻！”贫女乞食而归。张在赴任途中，再过五鸡山，遇贫女，以剑刺之，贫女受伤，被李大公和李大婆救回。王德用恰过五鸡山，在古庙中见贫女容貌同女儿胜花相似，便认作义女。王德用为张协上司，王拒绝张来拜谒，张协畏惧，托谭节使从中调解。在张认罪后，王仍将义女嫁给张协为妻。在洞房之夜，张方知新人为自己所弃的结发之妻，夫妻团圆。剧本虽在结尾处表现出一种人为的妥协色彩，但基本的思想倾向却是十分鲜明的。一方面尖锐地揭露了封建知识分子忘恩负义的丑恶灵魂，另一方面则热情地歌颂了农村妇女善良、勤劳、朴素的美好品德，并对当时社会中普遍存在的富贵弃妻的社会问题提出了作家社会的和道德的评价。《张协状元》虽为南戏的早期作品，艺术上还显得比较粗糙，但亦有其独特的创造和不可忽视的成就。全剧五十三场，结构宏伟，人物众多，情节曲折。主要人物性格鲜明，语言通俗，富于生活气息。这些都为后来南戏剧本的创作和戏剧艺术经验的积累，提供了重要的基础。

其他几种剧本虽不存，但据有关的资料却仍可推断出其大致的故事内容。《赵贞女蔡二郎》写蔡伯喈（即蔡二郎）在考中状元做官后，不认前妻赵贞女（即赵五娘），而五娘在蔡离家后，孤身一人伺候公婆，历尽艰难，在公婆死后，用罗裙包土筑坟埋葬了二老，然后只身进京寻夫。可蔡却已被牛丞相招赘为婿，不认前妻，五娘竟遭马踩而死。背亲弃妻的蔡二郎遭到上天的惩罚，被五雷轰死。《王魁》又名《王魁负桂英》，写妓女敫桂英与书生王魁相爱，敫资助王进京赴考。王中状元后就负心另娶，敫抑郁自杀，鬼魂将王魁活捉而去。这两部作品题材和主题都同《张协状元》相近。这类作品的大量出现，是同宋代的社会背景相关的。宋代的科举制度，一方面录取名额扩大，一方面又不甚看重出身门第，这就为出身于中下层地主阶级的封建知识分子的入仕升迁，大开了方便之门。当时就有所谓“朝为田舍郎，暮登天子堂”之说（见宋人汪洙的《神童诗》）。因此，不少士人在发迹变泰后就抛弃了自己原来的结发妻子，成了一个普遍的社会问题。

其他《韫玉传奇》是歌颂青年男女的爱情追求的，也是永嘉人所作。《王焕》（又名《风流王焕贺怜怜》）通过曲折的故事情节，歌颂了青年男女追求真挚爱情和婚姻自主的美好理想。《乐昌分镜》（又名《乐昌公主破镜重圆》）的故事情节，源出于唐人孟棨《本事诗》，写陈后主的妹妹乐昌公主下嫁给太子舍人徐德言，在兵乱中二人分离，临别时破一镜，各执一半，后二人因镜寻找踪迹，经过一番曲折，终于重新团圆。

在今存《永乐大典》所收的三种戏文中，除《张协状元》外，另两种是产生于元代由杭州书会才人编写的《小孙屠》和《宦门子弟错立身》。从中也能见出早期南戏的面貌。《小孙屠》是一部公案戏。写原为妓女的孙必达之妻李琼梅与当官的朱邦杰私通，事露后杀婢以诬陷丈夫，必达入狱。必达之弟必贵以屠为生，人称小孙屠，因知李琼梅奸情，为人又比必达聪明勇敢，为奸夫奸妇所忌恨，又被害死。被救活后兄弟二人告至开封府，经包公审理终得昭雪。作品揭露了社会的黑暗和审案官吏的昏庸，表达了被压迫的人民群众渴望清官的美好愿望。《宦门子弟错立身》是一部歌颂恋爱自由和婚姻自主的作品。故事写金代官僚子弟延寿马，与一走江湖的女艺人王金榜相爱，遭到父亲完颜同知的斥责。王被逐走，延寿马被拘禁。后延寿马抛弃宦门子弟的荣华富贵，离家出走，到戏班与女优王金榜结合，以演戏为生。最后父子和好，以团圆结局。这两部作品与《张协状元》纯用南曲不同，已经兼采北曲，可以看出在体制上的发展。

元代南戏中最重要的作品是被称为“四大传奇”的《荆》（《荆钗记》）、《刘》

(《刘知远白兔记》)、《拜》(《拜月亭》)、《杀》(《杀狗记》)和高则诚的《琵琶记》。《荆钗记》写出身贫穷的书生王十朋，中状元后不以富贵易妻的故事。剧本虽然申言宣扬“义夫节妇”，但封建思想并不浓厚，而是针对现实的社会问题，表彰了主人公忠于爱情的美好品德。《白兔记》描写五代时后汉的开国皇帝刘知远“发迹变泰”的故事。剧中通过其妻李三娘的不幸遭遇，反映了封建社会中广大妇女的悲惨命运。但剧中对刘知远的忘恩负义行为缺乏有力的批判。《杀狗记》是一部家庭问题剧，提倡兄弟和睦，但却表现了浓厚的封建伦理道德观念，艺术上也较平庸。“四大传奇”中比较杰出的是《拜月亭》。剧本以兵乱时代为背景，描写了书生蒋世隆和贵族小姐王瑞兰的爱情故事，歌颂了青年男女追求真挚爱情的斗争精神，表现了反对包办婚姻和门第观念的进步思想。

在南戏的发展中,《琵琶记》称得上是一部里程碑式的作品。作者高明，字则诚，生活于元末明初。《琵琶记》是根据南宋戏文《赵贞女蔡二郎》改编的。但作者对原著作了重大的改动，将蔡伯喈背亲弃妇的行为，改变为全忠全孝，将蔡伯喈被暴雷轰死受到应有惩罚的结局，改变为一夫二妻大团圆的美好收场。他将赵贞女和蔡二郎都塑造为正面形象。剧本的题目“有贞有烈赵贞女，全忠全孝蔡伯喈”，就显示了鲜明的思想倾向。作者确是自觉地通过戏剧的形式来宣扬封建道德的。虽然如此，剧本反映的社会生活内容是比较丰富的，其中仍然包含了许多值得肯定的现实主义描写。剧本通过赵五娘在家中的悲惨遭遇，在一定程度上揭露了官府的腐败和社会的黑暗。赵五娘的形象也有独特的社会意义，她在丈夫离家后独立支撑全家的生活，历尽种种艰辛；后又只身一人沿路弹唱琵琶行乞，进京寻找丈夫，都表现了一个下层妇女勤劳、纯朴、善良和坚韧不拔的精神。《琵琶记》在艺术上取得了较高的成就。在南戏的形式体制上，剧本已发展提高到完整成熟的程度。赵五娘的形象塑造得十分成功。结构上两条线索（陈留家乡五娘的悲苦生活和京师蔡伯喈招赘后在牛府中的荣华富贵生活）交错发展，形成鲜明强烈的对比，加强了戏剧冲突，突出了戏剧主题。语言也明净洗炼，既本色又富于文采。后人将《琵琶记》推为南戏之祖，不是没有道理的。

明代在昆山腔风行南北以后，南戏发展为成熟的长篇传奇体制。明清传奇产生了许多杰出的作品，其中包括明代汤显祖的《牡丹亭》、清代洪昇的《长生殿》和孔尚任的《桃花扇》这样有全世界影响的作品。

从上面的论述可以看到，从宋代的温州杂剧到明清传奇，南戏体制经历了漫长的历程。由简单到丰富，由粗糙到成熟，由最初的地方小戏发展而为遍及全国的完美的戏剧形式。在中国戏剧史上，南戏不仅成为可与北曲杂剧媲美、并行的独立的体制，而且两种体制互相吸收、互相影响、互相渗透，为中国古典戏曲艺术的创造和发展作出了巨大的贡献。

（原载《文史知识》1996 年第 10 期）